Sa voix magnifique
troublait ses sens

"A quand le grand jour?" insista Philip.

"Je…je l'ignore…Nous ne sommes
pas si pressés," répondit Tara.

"S'il s'agissait de moi, je ne vous
permettrais pas de me faire attendre
ainsi."

"Mais lui non plus n'est pas pressé."

Philip l'étudia un instant, implacable:
"Vous ne songez pas à changer
d'avis?"

"Non, bien sûr que non!" répliqua Tara.
"Supposons que ce soit Cliff qui
change d'avis?"

"Dans ce cas," dit-il d'une voix grave,
"moi, je vous épouserais!"

D1413924

NOUVEAU!

Pour fêter le retour du printemps, la collection Harlequin Romantique se pare d'une nouvelle couverture . . . plus belle, plus tendre, plus romantique!

Ne manquez pas les six nouveaux titres de la collection Harlequin Romantique!

LA MAGIE D'UNE VOIX

Rebecca Stratton

PARIS • MONTREAL • NEW YORK • TORONTO

Publié en avril 1983

ISBN 0-373-49320-7

Dépôt légal 2e trimestre 1983
Bibliothèque nationale du Québec et Bibliothèque nationale
du Canada.

Imprimé au Canada—Printed in Canada

Pour rien au monde, Tara n'aurait avoué à Clifford qu'elle regrettait déjà d'avoir accepté de l'accompagner chez lui, dans la propriété familiale de Fairwinds.

En fait, elle n'avait jamais rien redouté autant de sa vie.

Clifford lui avait répété cent fois que sa famille était ravie de leurs fiançailles, mais elle n'en serait convaincue que lorsqu'elle pourrait en juger par elle-même.

Son seul réconfort était de songer qu'au moins, elle n'aurait pas à affronter une nombreuse parenté. Clifford n'avait plus, autant qu'elle le sache, de parents proches, à l'exception de son frère aîné.

Le père de Tara, quant à lui, avait tout de suite adopté son fiancé. Il avait d'ailleurs toutes les raisons pour cela : le jeune homme était non seulement grand, beau, charmant et bien élevé, mais aussi relativement riche.

Tara et Clifford s'étaient rencontrés seulement deux mois plus tôt, et ils s'étaient découvert immédiatement tant de points communs que leur plaisanterie favorite consistait à se chercher des sujets de désaccord.

A cet instant, Clifford, tout en conduisant, tourna légèrement la tête vers sa passagère. Ils roulaient depuis un moment sur une petite route étroite et sinueuse, à flanc de montagne, et Tara retenait son souffle chaque fois qu'ils amorçaient un nouveau virage.

Il sourit. Manifestement il appréciait le spectacle que sa compagne lui offrait. Bien qu'anglaise par son père et irlandaise par sa mère, Tara avait des cheveux bruns et des yeux noirs qui témoignaient d'une lointaine ascendance latine. Sa bouche pleine et douce semblait faite pour rire, ce dont la jeune fille ne se privait guère, car elle adorait la vie.

Clifford, lui-même, bien qu'il se sentît tout à fait gallois, ne l'était qu'à demi. Sa famille paternelle était française, mais son père avait vécu la plus grande partie de sa vie adulte au Pays de Galles. Même leur nom de famille, Hautain, s'était peu à peu transformé et sa prononciation s'était anglicisée. Clifford avait cependant précisé à sa fiancée que son frère aîné ne cachait pas sa préférence pour la forme originale de leur nom.

La perspective de rencontrer Philip Hautain était responsable de la nervosité inhabituelle de la jeune fille. Elle savait que, depuis la mort de leurs parents, Philip s'était occupé, seul, de son frère plus jeune. Il l'avait envoyé finir ses études à l'université et projetait, à présent, de le faire entrer à son tour dans l'entreprise familiale qu'il dirigeait lui-même.

Clifford avait d'autres projets, et Tara le suspectait vaguement de l'avoir entraînée à Fairwinds afin de le soutenir dans sa révolte contre son aîné.

— Ça va ? demanda Clifford.

Elle lui répondit par une petite grimace.

— Nerveuse, chérie ?

— Très, admit Tara. Es-tu sûr que Philip ne sera pas ennuyé d'avoir à m'héberger tout l'été ?

— Mais oui, voyons ! fit-il avec un sourire encourageant qui le rendit encore plus beau. Je te l'ai déjà dit, mes fiançailles l'intriguent.

6

Il rit tout bas puis, lâchant d'une main le volant, il s'empara de celle de Tara. Celle-ci ne se sentit guère rassurée... Elle trouvait déjà que Clifford roulait un peu vite sur une route aussi dangereuse.

— Nous nous sommes toujours considérés comme des célibataires endurcis, poursuivit-il. En fait je n'arrive pas encore à y croire vraiment moi-même. Philip doit penser que j'ai perdu la tête.

Tara, de nouveau, sentit le doute l'envahir.

— Tu es absolument certain que je serai la bienvenue, Cliff ?

— Mais oui, insista-t-il, je te l'ai répété cent fois.

Il lui adressa un petit sourire tout en négociant un virage avec adresse.

— A présent, cesse de te tourmenter !

— Te ressemble-t-il ? demanda Tara qui ne parvenait toujours pas à se faire une idée précise de Philip Hautain. Je veux dire, physiquement...

Clifford secoua la tête.

— Non, pas du tout ; il est moins beau que moi ! ajouta-t-il en riant de sa propre franchise.

— Je vois !

A son tour, elle sourit de sa vanité. Pourtant ce devait être la vérité. Il pouvait difficilement exister deux hommes aussi superbes que Clifford dans une même famille.

Ses épais cheveux bruns, qu'il portait assez longs, bouclaient légèrement. Ses yeux étaient bleus, d'un bleu clair et lumineux. Ils riaient la plupart du temps : Clifford avait peu de problèmes dans la vie... à part les plans que son frère formait pour son avenir.

Il était pleinement conscient de son pouvoir de séduction, et Tara se demandait parfois ce qui l'avait poussé à l'emmener chez lui, si peu de temps après l'avoir rencontrée.

— Il n'est pas laid, rassure-toi, reprit-il en riant. Il

n'a pas échappé au fameux charme des Hautain. Et il ne manque pas d'aventures.

Il eut un petit geste expressif de la main pour souligner le sens qu'il donnait à ce mot.

Tara s'aperçut qu'elle s'était fait une idée totalement fausse de Philip Hautain.

Elle avait imaginé un homme d'âge mûr — probablement à cause de l'habitude qu'avait Clifford d'en parler comme de « l'ancêtre » de la famille — sévère, et ne songeant qu'à la direction de l'affaire familiale.

La dernière révélation de Clifford la forçait à réviser complètement l'image qu'elle avait de son frère.

— Je... je ne le voyais pas du tout comme ça, avoua-t-elle.

Clifford éclata de rire.

— Je l'espère bien, dit-il. De toute façon, Philip préfère les femmes plus expérimentées... Elwyn Owen-Bragg, par exemple !

Tara lui jeta un coup d'œil curieux. Etait-il sérieux ?

— Qui est Elwyn Owen-Bragge ? demanda-t-elle. Cela sonne plutôt comme un nom masculin.

Clifford sembla trouver l'idée très amusante.

— Je t'assure qu'elle n'a rien d'un homme, lui dit-il. Elle est aussi dangereuse qu'un bâton de dynamite et presque aussi explosive lorsque l'on se met en travers de son chemin. Son père fait partie du Conseil d'Administration de Hautain & Fils, et elle a considéré Philip comme son futur mari depuis qu'elle a quitté l'école. Ce qui, si je peux me permettre, se passait un peu avant mon époque, ajouta-t-il malicieusement.

— Oh !

Tara pouffa, ses yeux noirs posés sur le profil aquilin du jeune homme.

— Tu n'es guère gentil, Cliff !

— Peut-être, admit-il, mais attends d'avoir rencontré Ellie !

— Si elle est aussi belle que tu le prétends, pourquoi Philip ne l'a-t-il pas encore épousée?

— Il n'est pas du genre à se marier!

De nouveau il lui prit la main.

— Et... il n'a pas eu ma chance, ajouta-t-il.

— Alors, pourquoi n'en a-t-elle pas épousé un autre? s'étonna Tara. Juste pour lui prouver qu'il existe des milliers d'hommes sur la terre. C'est ce que j'aurais fait à sa place!

— C'est ce qu'elle a fait, l'informa tranquillement Clifford. Bragg est le nom de son mari.

— Je vois... Je n'avais pas compris qu'elle était mariée.

— Divorcée, fit brièvement Clifford.

De nouveau Tara lui jeta un coup d'œil.

— Tu ne l'aimes pas beaucoup, n'est-ce pas? devina-t-elle en souriant.

— En effet, avoua-t-il. Je détesterais la voir entrer dans la famille. Un jour elle viendra peut-être à bout de la résistance de Philip et elle le traînera jusqu'à l'autel.

— L'usage ne veut-il pas que ce soit plutôt le contraire? demanda-t-elle gaiement.

— Je le suppose, admit-il. Mais je connais mon grand frère. Elle ne pourra le mener jusque-là que par la force!

Clifford avait beaucoup parlé de Fairwinds à Tara. Son père avait fait construire la maison lorsqu'il était arrivé de France. Clifford y était né mais pas Philip, un reste de sentiment patriotique ayant poussé M. Hautain à vouloir que son fils aîné vît le jour en France.

Tara sentait l'impatience la gagner. Ils arrivaient. La jeune fille admit qu'à première vue la maison correspondait tout à fait à la description de Cliff.

En pierres grises, grande, irrégulière, elle se dressait au creux d'une petite colline, à l'ombre de grands arbres protecteurs. Elle paraissait gaie et hospitalière, dans la douce chaleur du soleil d'été. Tara se prit à espérer que son hôte se montrerait aussi accueillant.

« Que c'est bon de rentrer chez soi ! » murmura Clifford. Sa voix le trahit plus que des mots n'auraient pu le faire. Tara songea que, quel que soit le différend qui l'opposait à son frère, le jeune homme reviendrait un jour ou l'autre à Fairwinds.

Une lueur tendre dansait dans ses yeux tandis qu'il contemplait la demeure. Aucune femme ne pourrait jamais rivaliser avec elle, et Tara se sentit un peu abandonnée..

— Elle est superbe, fit-elle à mi-voix, ne voulant pas briser la magie de l'instant.

— Magnifique ! renchérit-il.

Il se gara devant l'entrée et resta un moment immobile. Puis il vint aider Tara à sortir de la voiture.

Il eut un petit rire embarrassé.

— Je ne me rendais pas compte que cette vieille baraque me manquait à ce point, avoua-t-il.

Ils avaient commencé à gravir les marches du perron lorsque la porte s'ouvrit. Une femme sortit, souriante, les mains jointes sur sa poitrine, les yeux brillants de larmes de joie.

— Clifford, monsieur Clifford !

Elle s'exprimait avec l'accent chantant des Gallois.

— Hello, Evvy, ma chérie !

Clifford la saisit par la taille, la souleva de terre et la fit tournoyer en l'air. La femme poussait de petits cris amusés et faussement grondeurs. Enfin il la reposa et entoura les épaules de Tara d'un bras protecteur.

— Tara chérie, je te présente Evvy, Mme Evans. Elle m'a servi de mère depuis que la mienne est morte, n'est-ce pas Evvy ?

Celle-ci eut un sourire épanoui.

— Je suis ravie de faire votre connaissance, madame Evans, murmura Tara.

Clifford glissa gentiment un doigt sous le menton de la jeune fille et demanda :

— N'est-elle pas ravissante, Evvy ? C'est Tara, Tara Villiers, ma fiancée.

La vieille femme parut approuver le choix de Clifford.

— Venez, maintenant, entrez, monsieur Clifford !

Elle s'interrompit et parut hésiter légèrement.

— Saviez-vous que votre grand-mère était là ? poursuivit-elle enfin.

— Grand-mère !

La nouvelle parut écraser le jeune homme. Il porta la main à son front d'un geste théâtral.

— Oh non ! Depuis quand, Evvy ?

— Elle est arrivée hier. J'ignorais si M. Philip vous avait prévenu.

— Non, il ne l'a pas fait... le traître.

Il s'interrompit, éclatant soudain de rire.

— Etait-il seulement averti de sa visite ?

— Je ne crois pas, répondit Evvy. Vous connaissez Mme Hautain. Elle aime arriver à l'improviste.

— Je sais, acquiesça vivement Clifford. Mais j'aurais préféré qu'elle choisisse un autre moment pour venir nous voir.

Il soupira et, prenant Tara par les épaules, il l'entraîna vers la maison.

— Allons, chérie, viens faire la connaissance de ma famille. Elle est un peu plus nombreuse que prévue, je le crains...

Tara sentit sa nervosité augmenter. Cela avait déjà été une épreuve de se préparer à rencontrer le frère de Clifford, mais elle n'avait pas prévu d'avoir à affronter cette grand-mère française apparemment terrible.

— Es-tu sûr que... commença-t-elle.

Mais le jeune homme secoua la tête et l'embrassa fermement sur la bouche. Enlacés, ils traversèrent le vaste hall.

— Tu as la priorité, lui murmura-t-il. Grand-mère devra bien se conduire !

— Cliff...

— Chut !

De nouveau, il l'embrassa avant d'ouvrir une porte. Il heurta presque quelqu'un qui, de l'autre côté, s'apprêtait visiblement à sortir.

— Philip !

L'homme qui leur faisait face sourit puis recula d'un pas pour les laisser pénétrer dans la pièce. Il serra la main de Clifford et la garda un moment entre les deux siennes. Ses yeux, aussi noirs que ceux de Tara, reflétaient le bonheur qu'il avait à retrouver son jeune frère.

Mais ce fut surtout sa voix qui frappa Tara, une voix calme, profonde, au timbre exceptionnel.

— Sois le bienvenu, Clifford ! Quel plaisir de te revoir !

— Voici Tara, bien entendu, présenta Clifford.

Il la tenait toujours serrée contre lui pour la rassurer.

— Chérie, voilà mon frère Philip !

Le regard sombre se posa sur Tara. Des doigts musclés se refermèrent sur les siens, les gardant prisonniers un instant. Il l'observait avec un intérêt non dissimulé.

— Tara, répéta-t-il.

Ce nom, modulé par sa voix grave et lente, se chargeait de poésie.

— Puis-je utiliser votre prénom, ou dois-je m'en tenir à un plus cérémonieux Miss Villiers ?

— Oh non ! Je vous en prie, appelez-moi Tara !

La jeune fille avait rarement été aussi mal à l'aise.

Les raisons pour lesquelles elle avait redouté de rencontrer Philip Hautain perdaient soudain tout sens.

Certes, il ne possédait pas la beauté classique de Clifford, mais son visage intelligent avait plus de caractère. Son front était haut et sa large bouche semblait ne sourire qu'à demi. Il était grand avec la minceur d'un athlète et la souplesse dangereuse d'un félin. Il y avait chez cet homme une puissance contenue que Tara ne parvenait pas à définir tout à fait.

Il portait un complet léger, parfaitement coupé sur une chemise de soie crème qui faisait ressortir ses traits hâlés et sa chevelure brune. Son col ouvert révélait un cou puissant et bronzé.

Les yeux noirs la fixaient toujours. Tara eut soudain le sentiment qu'elle ne correspondait pas non plus à l'idée qu'il se faisait de la fiancée de son frère.

Avec un léger sursaut elle s'aperçut qu'il tenait encore sa main mais elle n'eut pas le courage de tenter quoi que ce soit pour se libérer.

— Bienvenue à Fairwinds, dit-il enfin. D'après ce que m'a raconté Clifford, je crois que les félicitations sont de rigueur.

Il s'adressa alors à son frère, mais son regard ne quittait pas Tara.

— Bravo, Clifford ! Je ne la voyais pas du tout ainsi.

Tara ne savait pas comment interpréter ces mots, aussi choisit-elle de sourire légèrement. Elle regrettait de n'avoir pas davantage interrogé Clifford au sujet de ce frère plus que déroutant.

La jeune fille se rebellait instinctivement contre l'arrogance de Philip, tout en comprenant qu'elle était un élément fondamental de son indéniable séduction.

— Je... je suis ravie de vous plaire, monsieur Hautain.

Elle avait prononcé son nom à la manière anglaise, comme elle le faisait avec Clifford.

— J'étais un peu inquiète d'arriver ainsi presque à l'improviste, poursuivit-elle. Mais Clifford m'a assuré que vous ne me mangeriez pas.

Elle rit un peu nerveusement de sa plaisanterie. Une lueur fugitive s'alluma dans les yeux noirs qui la dévisageaient.

A contrecœur, lui sembla-t-il, il lâcha sa main. Mais les doigts de Tara gardèrent la sensation vibrante de sa puissante étreinte.

— Je ne vois pas ce qui a pu vous faire croire que j'étais tellement impressionnant, dit-il posément. A moins que Clifford n'ait exagéré. Cependant, ajouta-t-il, je voudrais vous prévenir... ma grand-mère est ici pour quelque temps, et elle est un peu...

Sa main eut un petit geste expressif typiquement gallois.

— Notre nom de famille est d'origine française, vous le savez sans doute. D'habitude je n'attache pas une grande importance à sa prononciation mais ma grand-mère est une vieille dame assez...

De nouveau ce petit geste éloquent.

— Vous le comprenez, j'en suis certain !

Tara se sentit rougir. Elle souhaita de tout cœur s'être souvenue à temps de ce que lui avait expliqué Clifford.

Décidément sa rencontre avec Philip Hautain n'était pas aussi facile qu'elle l'avait espéré.

Cet homme brun et déroutant ne correspondait en rien à ce qu'elle avait prévu, mais quelque chose au fond d'elle-même répondait de façon alarmante au charme un peu rude qui se dégageait de lui.

— Tu aurais dû me prévenir de l'arrivée de grand-mère ! se plaignit Clifford, sans laisser à Tara le temps de s'excuser de son erreur d'intonation.

Philip sourit, moqueur. Il avança un fauteuil à Tara

avant de s'asseoir lui-même. Il croisa négligemment les jambes, puis s'expliqua :

— Je ne l'attendais pas. Je n'ai pas eu le temps de vous avertir avant votre départ.

— Elle ne prévient jamais, soupira Clifford ! Même du temps de Papa, elle ne le faisait pas !

Ce souvenir le fit éclater de rire.

— Elle nous a toujours terrorisés, expliqua-t-il à Tara.

— Elle *te* terrorisait, rectifia Philip. Je ne me souviens pas qu'elle m'ait jamais fait peur à ce point.

— Bien sûr que non ! répliqua son frère, lugubre. Tu as toujours été son préféré. Tu es tellement plus français que moi. En tout cas, je sais que je courais me cacher chaque fois que j'entendais dire que grand-mère Hautain arrivait.

Les yeux de Philip pétillèrent d'ironie. Les frayeurs enfantines de son cadet semblaient l'amuser.

— Je ne comprends toujours pas ce qui te faisait fuir, dit-il.

— Elle ne m'aimait pas, insista Clifford d'un ton plaintif. Elle me traitait de petit sauvage !

Plein d'espoir, il regarda son aîné.

— Elle ne s'est pas radoucie avec l'âge, par hasard ?

— Pas le moins du monde, rétorqua Philip. Mais enfin Clifford, tu n'es plus un enfant ! Que va penser Tara si tu trembles à l'idée de rencontrer une dame de plus de quatre-vingts ans.

— Quand elle connaîtra grand-mère, elle me comprendra, affirma Clifford.

Il regarda tour à tour son frère et la jeune fille.

— Sait-elle que nous sommes fiancés ?

— Oui, je lui ai annoncé que tu comptais te marier. Comme depuis deux mois tes lettres ne parlent que de Tara, j'ai pensé que ce n'était pas un secret.

— Non, bien sûr que non, répondit Clifford.

De nouveau il jeta un coup d'œil anxieux à son frère.

— Qu'a-t-elle dit ?

— Est-ce important ? répliqua calmement Philip.

Tara crut deviner que la tyrannique grand-mère n'approuvait pas leurs fiançailles.

A cette idée, elle se sentit défaillir d'appréhension.

— Tu sais très bien que oui, gémit Clifford. Je ne veux pas qu'elle embête Tara. Elle peut lui rendre les choses très difficiles si elle ne l'aime pas.

Le regard sombre de Philip se posa sur la jeune fille ; il haussa un sourcil et laissa ses yeux noirs la parcourir avec une approbation si évidente que le cœur de Tara s'affola.

Un léger sourire effleura les lèvres de Philip.

— Je ne vois aucune raison pour que l'on n'apprécie pas Tara, dit-il enfin.

— Grand-mère Hautain n'étant pas un homme, rétorqua Clifford, elle n'aura certainement pas les mêmes motifs que toi d'être influencée. Elle se méfie de toute femme qui risque de porter un jour le même nom qu'elle. A plus forte raison si elle n'est pas française.

— Alors, tu aurais dû y penser avant et choisir une compatriote de grand-mère, lança Philip.

Il n'avait apparemment pas conscience de se montrer impoli, et les récriminations de Clifford avaient dû l'exaspérer.

Ce dernier poussa un profond soupir.

— Où est-elle ? demanda-t-il.

— Dans sa chambre. Elle ne va pas tarder à descendre, elle vous a sûrement entendus arriver.

Aussitôt Clifford fut debout. Il s'excusa auprès de Tara.

— Je crois que je vais aller ranger la voiture, dit-il. J'espère être de retour avant que grand-mère n'apparaisse.

Philip eut un petit rire bas qui fit courir un frisson le long du dos de Tara. Les yeux noirs qu'il posait sur son frère brillaient de malice. Il n'était pas dupe de son stratagème.

— Tu as quand même passé l'âge de fuir, Clifford! Pour l'amour du ciel, songe à Tara! Tu l'abandonnes déjà?

Clifford scruta anxieusement le visage de Tara. Il craignait qu'elle n'interprète sa sortie de la même manière que son frère.

— Je ne serai pas long, chérie, lui dit-il.

— Ne t'inquiète donc pas! coupa Philip impatiemment. Je veillerai sur elle!

Son regard noir retint un moment celui de la jeune fille. Une telle flamme y brûla un instant que Tara enfonça ses ongles dans ses paumes.

— Ce sera un plaisir, ajouta-t-il à mi-voix.

Une ride se creusa sur le front de Clifford. Visiblement, il n'appréciait pas la proposition de son frère. Il secoua la tête, les lèvres serrées.

— J'en suis sûr, fit-il. Mais après tout, nos valises peuvent attendre, j'irai plus tard.

Philip esquissa un geste agacé.

— Que diable, Clifford, va donc! Ne te fais pas de souci pour Tara!

— Ce n'est pas Tara qui m'inquiète... objecta Clifford.

A nouveau, Philip éclata de rire. Il observa la jeune fille qui se tenait sagement assise, les mains croisées sur ses genoux. Elle n'aimait guère se trouver ainsi au centre de la discussion qui opposait les deux frères; de plus, elle n'était pas sûre de saisir ce qui se cachait derrière l'expression de Philip.

— Vous n'avez pas peur de rester seule avec moi, n'est-ce pas Tara? lui demanda-t-il de sa voix lente et caressante.

Elle répondit par un signe négatif bien qu'elle n'en fût pas vraiment persuadée.

Philip la fixa un instant.

— Clifford devrait me connaître mieux que cela, reprit-il. Il sait que je ne me suis encore jamais attaqué à des adolescentes !

Il se tourna vers son frère.

— Allons, va ranger ta voiture, Clifford, et cesse de jouer au fiancé jaloux !

Tara fut surprise lorsque, sans protester davantage, Clifford quitta la pièce. Tandis qu'il refermait la porte derrière lui, Philip se pencha pour prendre une cigarette dans un coffret posé sur la petite table basse qui le séparait de Tara.

Il ne lui en offrit pas mais se contenta de la contempler, les yeux rétrécis, à travers le mince nuage de fumée bleue qui masquait à demi son visage.

— Je ne mords pas, promit-il avec un sourire qui ne fit qu'augmenter la nervosité de sa compagne. Du moins pas en de telles circonstances !

Tara bouillait encore de colère après sa réflexion sur les adolescentes. Elle releva fièrement son petit nez droit.

— Monsieur Hautain...

— Philip, la coupa-t-il posément.

Pendant un instant son regard la mit au défi de protester.

Tara hésitait. Philip Hautain la troublait déjà suffisamment sans qu'elle accepte volontiers ce genre de complicité.

— Je... je crois que je ferais mieux d'aller aider Clifford, murmura-t-elle.

— Clifford peut se débrouiller tout seul, affirma-t-il. Dans le cas contraire, Porter lui donnera un coup de main. Il est payé pour ça.

— Oh !

18

Tara cherchait un autre moyen de s'échapper lorsqu'elle entendit la porte s'ouvrir. Philip se leva d'un mouvement souple qui rappela de nouveau à Tara celui d'un fauve.

— Grand-mère !

La femme qui venait d'entrer sans prévenir paraissait à première vue terriblement âgée. Son visage était incroyablement ridé, mais ses yeux noirs restaient très vifs.

Tara se leva à son tour, lissant sa robe de ses mains tremblantes. Si seulement Clifford ne l'avait pas abandonnée !

Mme Hautain était aussi majestueuse et impressionnante que Clifford l'avait dit. Très droite, elle se dirigea avec dignité vers le fauteuil que lui approchait son petit-fils. Elle lui murmura un « merci » en français puis lui adressa un tendre sourire. Il était évident qu'elle appréciait au moins l'aîné de ses petits-enfants.

Le sourire disparut lorsqu'elle se tourna vers Tara. Ses yeux étaient pénétrants et curieux. La jeune fille se demanda si elle répondait à l'attente de la vieille dame.

— Philippe !

Elle prononçait à la française le prénom de son petit-fils.

Il n'y avait pas à se tromper sur l'ordre contenu dans sa voix. Elle exigeait que Philip lui présente Tara. Ce dernier sourit légèrement.

Il tendit une main à Tara et à son propre étonnement, elle y posa la sienne sans hésiter, acceptant avec gratitude le réconfort qu'il lui offrait ainsi.

— Grand-mère, fit-il de sa belle voix calme, voici Tara Villiers, la fiancée de Clifford. Tara, ma grand-mère, Mme Hautain.

Tara murmura quelques mots traditionnels et sourit timidement. Les doigts musclés de Philip serraient toujours sa main.

— Etes-vous anglaise ?

Cela ressemblait plus à une accusation qu'à une parole de bienvenue. L'esprit indépendant de Tara se rebella. Elle releva fièrement la tête.

— Mi-anglaise, mi-irlandaise, madame Hautain, répondit-elle.

Elle s'était souvenue à temps qu'il fallait employer la prononciation française du nom de son hôtesse.

Une lueur d'approbation s'alluma dans les petits yeux noirs.

— Vous avez sûrement une autre ascendance, reprit la vieille dame ; je me trompe ?

Elle s'exprimait dans un anglais parfait, presque sans accent.

Soudain Tara pensa qu'elle avait dû être un jour une délicieuse et ravissante jeune femme. Et, bien qu'elle comprenne pourquoi Clifford la trouvait si terrifiante, elle ne pouvait s'empêcher d'éprouver de la sympathie pour elle.

— Vous avez raison, admit Tara avec un sourire.

— C'est évident, insista Mme Hautain, en ponctuant ses paroles de gestes vifs. Des yeux aussi noirs ne peuvent être que latins. Vous n'avez pas de sang français, par hasard ? demanda-t-elle, pleine d'espoir.

Tara secoua négativement la tête.

— Pas que je sache, madame.

— Vous êtes très jolie, déclara la vieille dame.

Elle ébaucha un sourire.

— ...Ce qui pour une femme excuse beaucoup de choses, ajouta-t-elle.

De nouveau une question apparut dans les yeux sombres.

— Quand allez-vous épouser mon petit-fils ?

Elle se retourna pour chercher celui-ci du regard.

— Que fait-il donc ? Pourquoi n'est-il pas là ?

Instinctivement, Tara s'en remit à Philip. Manifestement, sa grand-mère ne lui en imposait pas le moins du monde. Il sourit.

— Il s'occupe de sa voiture, grand-mère. Il ne va pas tarder.

La vieille dame étouffa un rire malicieux. Ses petits yeux brillèrent malicieusement.

— Encore en train de se cacher ? suggéra-t-elle.

Philippe ne répondit pas.

— Et il te laisse avec sa fiancée ! reprit Mme Hautain. Ce garçon a toujours été stupide !

Tara sentit la colère la gagner. Clifford n'était pas là pour se défendre. De plus elle n'appréciait guère le sous-entendu que contenait la dernière plaisanterie de la vieille dame. Cependant, Philip ne paraissait aucunement gêné.

Mme Hautain semblait trouver normal que toutes les femmes fussent séduites par l'aîné de ses petits-fils. Tara dut reconnaître à contrecœur qu'il y avait des raisons à cela. Elle croisa le regard de Philip et s'aperçut qu'il tenait toujours sa main.

— J'ai seulement promis de veiller sur Tara jusqu'au retour de Clifford. Disons que je jouais les bonnes d'enfants...

Il fit rasseoir Tara et la lâcha enfin.

— Cela n'avait d'ailleurs pas l'air de lui plaire, ajouta-t-il.

— A juste titre ! remarqua la vieille dame en riant.

Il y eut un bruit de pas dans le hall. Mme Hautain se tourna vivement lorsque la porte s'ouvrit.

— Ah, Clifford !

Le jeune homme ressemblait à un écolier puni. Il s'avança vers sa grand-mère et s'inclina sur sa main avant de se pencher pour l'embrasser sur les deux joues.

La vieille dame se renversa contre le dossier de son

fauteuil pour examiner son petit-fils. Ses yeux vifs semblèrent apprécier sa beauté et sa haute stature.

Elle hocha la tête.

— Tu es très beau, affirma-t-elle avec une embarrassante candeur. Dommage que tu ne sois pas aussi brun que Philippe.

Clifford était plutôt fier de son physique, aussi fit-il une petite grimace.

— Je ne me trouve pas mal comme je suis, dit-il.

Il se tourna vers Tara et lui sourit.

— Tara aussi ; n'est-ce pas, chérie ?

La jeune fille murmura une vague réponse consciente du petit rire de Philip et de son regard sur elle tandis qu'elle répondait à son frère.

L'été à Fairwinds menaçait d'être plus mouvementé qu'elle ne l'avait prévu !

2

— Je comprends pourquoi elle te terrifiait tellement quand tu étais petit, disait Tara à Clifford, deux jours plus tard.

Ils se promenaient dans le jardin, et ils parlaient encore de Mme Hautain. Tara commençait à penser que la vieille dame allait jouer un rôle d'importance dans leur séjour à Fairwinds.

Ni Clifford ni elle ne savaient combien de temps devait durer sa visite à son petit-fils. Et, si Philip était au courant, il se gardait bien de le leur dire.

— Elle donne une telle immpression de... puissance. Elle est merveilleuse mais un peu tyrannique.

— Elle m'intimide encore aujourd'hui, avoua Clifford.

Il eut un petit rire pour se moquer de lui-même.

— Quand j'étais enfant je m'amusais à la dessiner sous les traits d'une révolutionnaire enragée. En fait, quand j'y repense, c'était complètement absurde : elle aurait plutôt fait partie de ceux que l'on guillotinait.

— Oui, approuva Tara. C'est une aristocrate !

— Mais elle va tout gâcher, se plaignit Clifford. Cela aurait pu être formidable sans elle. Je voulais seulement que tu rencontres Philip et que tu découvres la maison.

— Tu aimes beaucoup Fairwinds, n'est-ce pas ?

Il fronça les sourcils et réfléchit un moment.

— Depuis toujours, je crois, oui ! Mais cela ne change rien à mes projets.

— Et Fairwinds ne te manquera pas ?

— Si, je suppose. Pourtant ce sera toujours mon foyer. J'y reviendrai peut-être un jour. C'est pourquoi je veux que tu l'aimes et que tu t'entendes bien avec Philip. Hélas, il n'y a guère d'espoir tant que grand-mère sera là...

— Je ne vois pas pourquoi ! protesta gentiment Tara. Je t'aime ! Et je ne pense pas que ta grand-mère soit aussi terrible que ça. Il suffit de ne pas se laisser intimider, c'est tout.

Clifford la regarda d'un air sombre et passa un bras autour de ses épaules.

— Tu parles exactement comme Philip !

Elle secoua vivement la tête.

— Certainement pas !

Il ne répondit pas immédiatement. Ils continuèrent à marcher en silence dans l'allée bordée de rosiers.

Enfin, il se tourna vers Tara.

— Que penses-tu de mon grand frère ?

Tara se sentit tout à coup terriblement embarrassée.

— Il... il ressemble beaucoup à ta grand-mère...

— Tu trouves ?

Clifford eut l'air surpris.

— Il a le type Hautain, bien sûr, brun et assez latin. Comme grand-mère. Mais je ne vois pas d'autres points communs.

— Et pourtant il y en a, insista-t-elle. Il est aussi despotique qu'elle et presque aussi... français.

— Il a toujours beaucoup tenu à notre ascendance française, c'est vrai, admit-il. Mais je ne l'ai jamais trouvé tyrannique.

Il ne semblait guère apprécier cette idée. Tara se

demanda si elle ne s'était pas montrée indiscrète en donnant si franchement son opinion sur Philip.

— Ce n'est pas une critique, assura-t-elle. Il... il me rend un peu nerveuse.

— Nerveuse ?

Elle acquiesça.

— Je ne sais pas pourquoi. Il me donne le sentiment de... oh ! et puis...

Elle rit, gênée.

— Je suis un peu sur mes gardes parce que je ne le connais pas, voilà tout.

— Mais tu n'es pas comme ça d'habitude, s'étonna Clifford. Alors pourquoi l'es-tu avec Philip ?

Elle haussa les épaules.

— Je n'en sais rien, probablement parce qu'il est...

Elle se mordit les lèvres et secoua la tête. Le reste de sa phrase se perdit dans un sourire : il ne servirait à rien d'avouer à Clifford qu'elle trouvait Philip autoritaire, certes, mais aussi dangereusement séduisant.

Plus que jamais, elle regrettait d'avoir cédé lorsque Clifford avait insisté pour qu'elle l'accompagne à Fairwinds. Elle avait pourtant refusé assez longtemps. Mais, peu à peu, il lui avait fait comprendre qu'il la considérait comme sa fiancée et elle n'avait plus eu de raison valable pour repousser son invitation.

Malgré tout, ils ne s'étaient pas fiancés officiellement : Clifford parlait d'un « accord tacite ».

Quelques jours plus tard, Philip profita du dîner pour parler des projets qu'il avait formés pour l'avenir de Clifford.

Le sujet était délicat. Tara aurait préféré que Clifford le laisse passer sans donner de réponse trop compromettante.

Au lieu de cela, il affirma d'une voix nette et

déterminée son intention de ne pas entrer chez Hautain & Fils, quelles que soient les conditions.

Philip releva brusquement les yeux de son assiette. Il dévisagea son frère sans rien dire.

Ce fut Mme Hautain qui, la première, manifesta sa surprise :

— Tu veux dire que tu refuses de prendre ta place dans l'entreprise que ton père a créée ? demanda-t-elle d'une voix tremblante d'indignation.

— Oui, c'est exactement cela, grand-mère !

De sa place au bout de la table, Philip le fixait intensément. Ses doigts serraient le pied de son verre, mais ses traits étaient impassibles.

— Je pense que tu as bien réfléchi, dit-il enfin d'une voix posée.

Ses yeux noirs se posèrent brièvement sur Tara. Son regard ne laissait aucun doute : il la tenait pour responsable de la décision de son frère.

— Bien sûr, répondit Clifford.

Philip porta son verre à ses lèvres et le vida lentement. Tara ne put s'empêcher d'admirer son sang-froid. Le refus de Clifford devait porter un coup terrible à ses projets. Il ne perdait cependant pas son calme.

— Que comptes-tu faire alors ?

De nouveau, il regardait Tara.

Clifford à son tour se tourna vers la jeune fille avant de répondre.

— Je veux mettre mon talent en pratique.

— Ah ?

Clifford releva des yeux pleins de défi. Il semblait malgré tout craindre la réaction qu'il risquait de provoquer.

— Je veux être artiste, je veux peindre !

Ainsi présentées ses intentions paraissaient un peu

naïves. Tara ne fut pas surprise de voir un sourire effleurer les lèvres de Philip.

— Ah bon! fit-il toujours calmement. Et qu'est-ce... ou plutôt qui t'a mis cette idée en tête?

Le sous-entendu était évident, et Tara aurait violemment protesté si Clifford ne l'avait devancée.

— Personne d'autre que moi, déclara-t-il.

— Je vois...

Tara aurait aimé ne plus sentir sur elle ce sombre regard inquiétant.

— Tara est-elle prête à mourir de faim dans un grenier, pour l'amour de ton art?

Immédiatement Clifford fut sur la défensive.

— Tu n'as pas le droit de dire ça, rétorqua-t-il. Personne n'aura à mourir de faim!

— J'espère que tu ne comptes pas sur Hautain & Fils pour financer tes aspirations artistiques, dit brutalement Philip. Je te rappelle que Fils était un pluriel dans l'esprit de notre père. Tu ne peux tirer des avantages de la société si tu refuses d'y travailler.

Manifestement Clifford regrettait déjà de s'être montré si intransigeant. Mais il ne pouvait plus reculer.

Tara songeait cependant que Philip allait se montrer inflexible et que la reddition de Clifford n'était qu'une question de temps.

— Papa m'a laissé de l'argent, répliqua-t-il néanmoins. Je n'ai pas besoin de l'argent de Hautain & Fils!

Philip eut un rire bref.

— L'héritage que tu as reçu de papa vient de la même source que tout le reste, dit-il sèchement. Il n'est pas tombé du ciel, Clifford!

Celui-ci posa son couteau et sa fourchette. Il fronça les sourcils. Visiblement il ne savait comment se sortir de la situation dans laquelle il se trouvait.

— Alors je me passerai de ce damné argent!

— Et Tara? suggéra Philip, doucereux.

De nouveau soumise à l'examen attentif de ses yeux sombres, Tara s'empourpra.

— Elle comprend, dit Clifford.

— Peut-être... Mais est-elle prête à ne vivre que de tes revenus d'artiste ?

Philip était toujours affreusement calme.

— Pour l'amour du ciel ! s'écria Clifford, exaspéré. Je ne suis pas un mendiant. Je me débrouillerai tout seul !

Tara s'attendait à ce que la discussion traîne en longueur pour se terminer par la défaite de Clifford. Mais soudain Philip haussa les épaules et reporta son attention sur son repas.

Un étrange sentiment d'incertitude s'empara des autres convives. Le dîner s'acheva sans que le sujet fût de nouveau évoqué.

Mme Hautain n'était pas intervenue, mais Tara devina qu'elle savait Philip capable de venir à bout de son jeune frère. La jeune fille avait surpris une curieuse lueur dans le regard de la vieille dame : méprisait-elle autant Clifford qu'il le prétendait ?

Au moment où ils se levaient de table, Mme Hautain, après avoir échangé quelques mots avec Philip, suggéra à Clifford une petite promenade dans le jardin.

La manœuvre était évidente. Tara se tourna instinctivement vers l'aîné et le regarda avec inquiétude.

Clifford suivit sa grand-mère à contrecœur. Le lent sourire de Philip prouvait qu'il avait saisi l'hésitation de Tara.

Il lui désigna un fauteuil.

— Je... préférerais aller me promener, moi aussi.

Le pouls de la jeune fille battait rapidement. Elle croisa le regard implacable de son interlocuteur. Elle aurait rejoint Clifford et sa grand-mère si une main ne l'avait retenue. Les longs doigts de Philip se refermèrent sur la peau douce de son bras. Il la fit pivoter.

— J'ai à vous parler, dit-il calmement.

Tara lui lança un coup d'œil anxieux à travers ses cils épais. Elle tenta en vain de résister à son emprise inflexible.

— Je… je ne suis pas sûre de vouloir vous parler, en ce qui me concerne, protesta-t-elle.

Philip sourit.

— Vous me décevez, fit-il avec douceur.

De nouveau Tara le regarda à la dérobée. Si seulement elle ne le trouvait pas si séduisant !

Certes il était moins beau que Clifford. Le charme de ce dernier était plus évident, il était donc plus facile de lui résister. Philip, plus mûr, plus viril, exerçait une attraction plus subtile dont la jeune fille se défendait mal.

Il portait un costume léger bien coupé, une chemise bleu pâle et une cravate. Mais sa voix grave cachait une force primitive et ses gestes souples étaient ceux d'un fauve. Jamais Tara n'avait rencontré un homme qui lui parût aussi dangereux.

— Je crois que je devine ce dont vous voulez me parler, fit-elle, surprise elle-même d'entendre sa propre voix trembler. Mais je ne tiens pas à vous écouter. Pas après que vous vous soyez débarrassé de Clifford de cette manière.

Il sourit. Ses yeux noirs se moquaient d'elle.

— Ainsi vous avez compris ? Bon, je ne nierai pas. C'est vrai, je voulais rester seul avec vous. Si Clifford l'avait su, il aurait cherché à m'en empêcher.

— Il en aurait eu le droit, riposta Tara. Vous voulez parler de lui derrière son dos.

La lèvre supérieure de Philip se releva dédaigneusement.

— Cela me paraît assez naïf !

Tara se sentit rougir.

— Je ne discuterai ni de Clifford ni de ses projets s'il

n'est pas là pour entendre, insista-t-elle. Tout ça ne me concerne pas !

Ils se tenaient dans l'embrasure de la porte-fenêtre. Un courant d'air tiède balaya les cheveux de la jeune fille, qui retombèrent doucement sur son visage. Tout était paisible.

Elle n'avait aucune raison de se sentir aussi tendue et anxieuse.

Philip tenait toujours son bras et le caressait lentement du pouce dans un geste presque sensuel.

Il la fixa un instant avant de reprendre la parole. Un demi-sourire jouait sur ses lèvres.

— Est-ce vous qui lui avez suggéré cette idée ? demanda-t-il.

Tara se défendit avec indignation.

— Non, ce n'est pas moi, affirma-t-elle d'une voix ferme.

— Je me posais la question...

Philip haussa les épaules. Il lâcha enfin son bras, prit un porte-cigarettes dans une poche de sa veste, en sortit une et l'alluma. Une fois de plus, il n'en offrit pas à la jeune fille.

Un nuage de fumée s'éleva devant son visage. Tara sentit un petit frisson inexplicable courir le long de son dos. Le regard de Philip était intense. Elle sentit sa féminité lui répondre en dépit de ses efforts pour résister.

— Cliff a le droit de peindre s'il en a envie, dit-elle, les yeux baissés.

Elle essayait désespérément de rompre le silence trouble qui s'était installé entre eux.

— Oui, mais je sais qu'il veut aussi sa part du gâteau, répondit tranquillement Philip.

Il s'appuya nonchalamment au chambranle de la porte-fenêtre. Grand, mince, il ressemblait plus que jamais à un félin prêt à bondir sur sa proie. Cette idée acheva d'effrayer Tara.

— Il sait très bien qu'il ne pourra vivre, et encore moins entretenir une femme élégante, avec ses revenus d'artiste, ajouta-t-il. Mais je n'ai pas le temps d'attendre qu'il en fasse l'expérience. J'ai besoin de lui tout de suite. Je veux que vous m'aidiez à le convaincre.

— Croyez-vous sérieusement que je pousserais Cliff à faire quelque chose dont il n'a pas envie, uniquement parce que cela vous arrange ?

Philip sourit lentement.

— Vous aussi, il me semble. Vous êtes beaucoup trop belle pour vivre dans une mansarde. D'ailleurs, je suis absolument certain que vous n'y tenez pas.

— Cela n'arrivera pas, rétorqua Tara.

Elle serrait très fort ses mains l'une contre l'autre, luttant pour résister à la persuasion de cette belle voix grave.

— Cliff a de l'argent à lui. Il a le droit d'en faire ce qui lui plaît.

— Oui, tant que cela dure...

Il souriait toujours et ne cessait de la dévisager.

— Que se passera-t-il, quand il n'aura plus rien ? Plus d'argent... plus de femme ?

— Vous n'avez pas le droit. Je ne l'abandonnerai jamais pour une raison de ce genre...

— « Pour le meilleur et pour le pire », railla-t-il.

Le regard de Tara le défia.

— Si vous voulez !

Il garda le silence pendant quelques instants, se contentant de la fixer. Tara préféra ignorer la lueur qui dansait au fond des yeux noirs de son interlocuteur.

Soudain, il sourit, de ce lent sourire plein de sous-entendus qui accélérait les battements du cœur de la jeune fille.

— Donc, dit-il, vous ne m'aiderez pas.

Tara se mit à trembler. Instinctivement elle recula d'un pas.

— Je ne ferai rien pour empêcher Clifford de peindre. Je n'en ai pas le droit.

— Non ?

Il haussa un sourcil, surpris.

— J'aurais pourtant cru que vous aviez votre mot à dire. Il s'agit de votre avenir commun.

— Peut-être, admit Tara, mais s'il désire vraiment être peintre, je ne crois pas avoir à intervenir pour l'en dissuader. De plus, je ne vois pas pourquoi il devrait passer sa vie derrière un bureau poussiéreux, simplement parce que vous l'avez décidé.

— Pour l'amour du ciel, Tara, je n'essaie pas de détruire ses projets uniquement par plaisir ! Essayez de le comprendre !

— Non, je ne comprends pas !

Il serra les mâchoires.

Philip Hautain devait être dangereux quand il était en colère ; or il semblait sur le point de perdre son sang-froid. Il se maîtrisait avec difficulté.

— Je ne vois aucune objection à ce qu'il peigne pendant ses loisirs. Mais j'ai besoin de lui au bureau. De toute façon, il y est pratiquement obligé moralement.

— Et pourquoi donc ?

— Il le sait aussi bien que moi, riposta Philip avec fureur.

La jeune fille eut un petit frisson de satisfaction. Elle avait enfin réussi à percer sa carapace. Mais il se reprit très vite. Il sourit de nouveau.

— J'aimerais tant essayer de vous faire comprendre mon point de vue, Tara. Voulez-vous ?

Tara s'aperçut soudain qu'elle était en train de se laisser convaincre par cette belle voix qui l'hypnotisait peu à peu. Elle secoua la tête, refusant fermement de se laisser influencer.

— Non, fit-elle, non, non et non ! Je ne forcerai pas Clifford à agir contre son gré.

Dans le regard de Philip, l'admiration le disputait à la condamnation pour son manque de coopération.

— Dans ce cas, vous allez le regretter tous les deux !

— Je... je ne crois pas.

Tara serra les poings. Son cœur battait à se rompre. Elle essaya de soutenir le regard de Philip, mais elle fut vite obligée de baisser les yeux.

— J'aimerais que vous ne luttiez pas contre moi, Tara ! murmura-t-il d'une voix si basse qu'elle l'entendit à peine.

Il se rapprocha d'elle. Plus que jamais, elle était consciente de l'irrésistible puissance qui se dégageait de toute sa personne. Son visage était impénétrable, mais son corps souple semblait tendu vers une action qu'elle devinait mal.

— Vous le regretterez, répéta-t-il doucement.

Brusquement, il l'enlaça. Il l'attira brutalement contre lui. Ses bras se refermèrent cruellement autour d'elle. Il l'obligea à renverser la tête en arrière. Sa bouche était dure, cruelle.

Une éternité parut s'écouler avant que Tara reprenne suffisamment le contrôle de ses sens pour s'écarter de lui. Les yeux élargis et incrédules, elle se libéra enfin des bras qui la retenaient prisonnière et s'enfuit dans le jardin. Elle était incapable de savoir quelle émotion dominait dans le chaos des sentiments qui l'agitaient.

— Je suppose qu'il s'est débarrassé de moi afin de pouvoir te parler et te convaincre de l'aider, déclara Clifford.

Ils se promenaient dehors, un peu plus tard, dans la soirée.

Tara acquiesça. Elle refusait d'admettre, même au plus profond d'elle-même, qu'elle avait failli succomber aux méthodes de persuasion plutôt discutables de Philip.

— Il a essayé, dit-elle, mais il a échoué.

Clifford l'embrassa légèrement sur les lèvres.

— Je le savais, fit-il confiant. Il fallait bien qu'il tente sa chance… Je le connais !

— Tu crois ?

Clifford la regarda avec curiosité.

— Je le pense, oui. Que veux-tu dire, chérie ?

Tara haussa les épaules. Elle aurait aimé pouvoir se moquer aussi facilement que Clifford des efforts de Philip.

— Rien de particulier. Simplement, à mon avis tu ne le connais pas aussi bien que tu le crois.

— Cela signifie… ?

Tara rit brièvement. Elle ne souhaitait pas se montrer trop explicite au sujet des méthodes de Philip.

— Je suis sûre que tu ne comprends pas jusqu'où il est capable d'aller pour arriver à ses fins.

Clifford la serra contre lui et posa un baiser sur son front.

— On ne me fait pas si facilement changer d'avis, dit-il. Et je suis certain que Philip ne sera pas inébranlable quand il comprendra que ma résolution est prise.

— Peut-être…

La voix de Tara trahissait son incrédulité, et Clifford la regarda, les sourcils froncés.

— J'espère que tu ne le trouves pas antipathique ? demanda-t-il anxieusement. Il est presque mon seul parent, chérie. Je l'aime énormément, même s'il essaye parfois de me mener à la baguette.

— Non, ce n'est pas ça, répondit-elle.

Elle était sincère : quoi que fasse Philip Hautain, elle ne pourrait jamais le détester vraiment.

— Mais, c'est un homme déterminé et sans pitié,

Clifford, expliqua-t-elle. A moins que je ne me trompe complètement.

Clifford éclata de rire.

— Ça, dit-il gaiement, je veux bien le croire.

Derrière la maison, le jardin s'était paré de ses couleurs d'été. Tara aimait s'y promener. Elle avait cependant rarement l'occasion d'y être seule, comme ce jour-là. Clifford détestait être séparé d'elle plus de quelques minutes.

Elle traversa les immenses pelouses qui descendaient en pente douce vers une petite rivière étroite et vive. Elle se retrouva rapidement sous les arbres qui en ombrageaient les rives. Il faisait plus frais sous l'épais feuillage. La jeune fille frissonna. Elle se frictionna le haut des bras pour tenter de se réchauffer.

Des rayons de soleil perçaient çà et là, à travers quelques branches moins touffues. Elle avança dans une tache lumineuse, telle une actrice sous les projecteurs.

Elle resta là, immobile, quelques secondes, les yeux clos, les bras croisés sur la poitrine, le visage offert à la chaude caresse de la lumière.

— Seriez-vous par hasard, une prêtresse du soleil?

Tara ouvrit vivement les paupières. Elle cligna un instant des yeux, éblouie. Puis elle recula d'un pas dans l'ombre.

Cette voix, elle ne pouvait s'y tromper, était celle de Philip. Son cœur s'affola. Elle se tourna vers lui. Il se tenait debout au bord de l'eau, une main dans une poche. Dans l'autre, il avait une cigarette.

Il portait un pantalon bleu marine qui épousait étroitement ses hanches minces et mettait en valeur ses longues jambes musclées. Un pull blanc accentuait son hâle et donnait à ses traits un air plus farouche que jamais.

Tara tressaillit. Cet homme éveillait en elle des émotions si diverses qu'elle se sentait prise de vertige. Pourquoi ne parvenait-elle pas à résister à cette fascination effrayante qu'il exerçait sur elle ?

— Bonjour, Philip !

De nouveau, elle frissonna.

— Je ne vous avais pas vu...

— Je m'en doutais !

A longues enjambées souples, il s'approcha d'elle.

— J'ai cru surprendre une prêtresse aztèque, plongée dans ses dévotions.

— J'avais le soleil dans les yeux, expliqua inutilement Tara.

— Cela vous donnait un air de pur extase...

Il la taquinait. Sous ses railleries, elle se sentait tout à coup si petite, tellement enfantine... Elle tenta de réagir en prenant une attitude calme et froide.

— Je n'avais aucune intention d'être aussi dramatique !

Philip regardait au-delà d'elle, un sourcil levé, sarcastique.

— Qu'avez-vous fait de Clifford ?

— Il est occupé.

— Occupé ? répéta-t-il.

Son expression disait assez clairement ce qu'il en pensait.

Tara hocha de la tête.

— Il est dans la roseraie ; il peint.

Le lent sourire de Philip, lourd de sens, la fit rougir violemment.

Furieuse, elle voulut lui manifester sa désapprobation en s'éloignant de lui. Elle se dirigea vers la rive et resta là, à observer l'eau qui coulait rapidement. Elle serrait très fort ses mains l'une contre l'autre pour les empêcher de trembler.

— Clifford me déçoit, dit-il.

Il rit tout bas.

— Je lui aurais cru plus d'esprit. Quelle idée de rester avec une boîte de peinture et un chevalet quand on a une jolie jeune fille à sa disposition ! Il est encore plus fou que je ne le pensais.

— Non ! cria Tara.

Elle essayait désespérément d'ignorer la façon dont ses sens réagissaient à ce compliment détourné et un peu rude.

— Il… il veut vous prouver qu'il est sérieux.

Philip s'était adossé à un arbre, les pieds croisés. Visiblement, il s'amusait de la voir ainsi défendre son frère.

— Je vois, fit-il doucement. Alors, il veut m'impressionner.

— Vous n'êtes pas juste !

Des sentiments très divers agitaient la jeune fille. Certes, elle était furieuse de voir la manière dont Philip voulait organiser la vie de son cadet ; plus encore, elle était outrée qu'il veuille l'obliger, elle, à l'aider dans cette tâche.

Mais, par-dessus tout, elle ne parvenait pas à oublier la séduction de Philip.

— Pourquoi vous montrez-vous si dur, si arrogant ?

— Dur et arrogant ?

Il répéta ces deux mots avec délectation.

Ses yeux sombres étincelaient, et ses lèvres avaient toujours leur pli ironique.

— C'est ce que vous pensez de moi ?

Elle fit non de la tête.

— Ce que vous croyez être ! souffla-t-elle.

Affolée, elle se demanda aussitôt si elle n'était pas allée trop loin.

— Je commence à comprendre pourquoi Clifford vous a amenée. Il avait besoin de votre soutien… fougueux, répliqua-t-il.

— Clifford est adulte ! Il n'a besoin de personne. Il a choisi sa vie, et rien ne l'arrêtera.

— Vraiment ?

— Je... je veux bien l'admettre : il voulait que je vienne pour le soutenir moralement. Et maintenant que je vous ai rencontré, je comprends pourquoi !

— Ah oui ?

La voix calme et chaude la mettait au défi de poursuivre.

Elle savait qu'elle avait déjà dépassé les simples bornes de la correction. Cependant, Philip ne lui laissait pas le choix. Elle ne pouvait plus reculer.

— Reconnaissez que vous l'auriez déjà contraint à prendre sa place dans votre entreprise, si je n'avais pas été là.

Il la fixa un instant, sans répondre. Enfin, il s'approcha. Tara le dévisagea avec inquiétude.

— Ainsi, j'avais raison, c'est vous qui lui avez mis cette idée absurde dans la tête.

— Non, ce n'est pas vrai ! s'écria Tara. Clifford a pris sa décision tout seul.

— Mais vous pourriez le persuader de renoncer à ce projet stupide, insista-t-il.

Il la touchait presque. Tara ne pouvait s'échapper.

Il posa un doigt tendre et caressant sur la petite veine qui battait vite à la base du cou de la jeune fille.

— Pourquoi me craignez-vous ?

— Je... je n'ai pas peur !

Il rit doucement. Il effleurait sa joue, à présent. Il était conscient des sensations qu'il éveillait en elle, Tara en était sûre.

— Chaque fois que je vous approche, vous tremblez comme un petit chaton affolé. Je me demande pourquoi.

— Philip, je vous en prie, arrêtez !

Elle essaya d'échapper à son emprise.

— Je vous en prie, répéta-t-il, railleur.

Tara se mordit les lèvres.

— Si vous continuez ainsi, je serai obligée de partir et... Clifford me suivra.

Cette fois, il se mit en colère.

— Pas de menace, Tara !

Il la tenait fermement. Il était si proche qu'elle sentait la chaleur de son souffle sur ses lèvres.

— Je peux être un ennemi très dangereux, promit-il. Et que vous soyez belle et très désirable n'y changera rien. Si vous poussez Clifford à quitter Fairwinds pour de bon, vous le regretterez !

— Je n'ai pas tant d'influence sur lui...

— Vous vous sous-estimez Tara. Vous pouvez le convaincre. C'est pourquoi je veux votre coopération !

— Non ! Je n'interviendrai pas, je vous l'ai déjà dit, Philip ! Mais rassurez-vous, je n'essaierai pas d'arracher Clifford à Fairwinds. Il serait trop malheureux.

— Et vous ne voulez pas qu'il soit malheureux ?

— Bien sûr que non !

De nouveau, elle chercha à se libérer de la main qui la retenait.

— Je vous en prie, Philip, lâchez-moi. Vous me faites mal.

— Je suis désolé.

L'excuse était à la fois inattendue et sincère. Elle le regarda un instant, à travers la frange de ses longs cils.

— Je ne veux pas enlever Clifford à Fairwinds, répéta-t-elle. J'espère que vous me croyez !

Philip sourit soudain, de cet énigmatique sourire si étrangement troublant.

— Merci, fit-il simplement.

Tara réalisa alors qu'elle avait bien failli, cette fois, se ranger aux côtés de Philip dans la lutte qui opposait les deux frères.

3

Tara avait du mal à comprendre que trois semaines s'étaient déjà écoulées depuis son arrivée à Fairwinds.

A son grand soulagement, Mme Hautain semblait l'avoir acceptée. Elle s'était montrée assez aimable et avait même annoncé son intention d'assister au mariage de son petit-fils.

Malheureusement, elle avait un peu gâché la joie de la jeune fille en ajoutant :

— S'il a lieu...

Cependant, Tara la soupçonnait d'avoir voulu dissimuler ainsi une certaine émotion.

Le seul problème de Tara demeurait Philip. Elle avait réussi à éviter de se retrouver seule avec lui à nouveau. Elle espérait ardemment pouvoir continuer. Elle tentait de se convaincre qu'elle le détestait. Mais au fond de son cœur, elle savait que ce n'était pas vrai. La vérité était qu'elle avait peur de lui. Il était beaucoup trop séduisant pour sa tranquillité d'esprit.

Tara passait la plus grande partie de ses journées en compagnie de Clifford. Elle restait assise près de lui, dans le jardin, à le regarder peindre. Depuis qu'il avait décidé de convaincre son frère du sérieux de ses projets artistiques, il semblait ne s'intéresser à rien d'autre.

Elle aurait pourtant aimé qu'il lui fasse découvrir la région.

Ce jour-là, pourtant, elle avait toute son attention. Une fois de plus la conversation s'était portée sur Mme Hautain.

— Je ne sais pas comment tu t'y es prise, disait Clifford. Mais c'est un fait : tu l'as conquise, elle t'aime beaucoup.

Tara éclata de rire.

— Elle n'est pas si effrayante que cela. Tu ne devrais pas te laisser impressionner, c'est tout. C'est cela qui l'ennuie, à mon avis.

— Cela et surtout le fait que je sois un sauvage de Gallois !

— Tu es absurde !

— Non, c'est la vérité, insista-t-il. Ah ! Pourquoi donc a-t-elle choisi juste ce moment pour rendre visite à Philip ?

— Peut-être savait-elle que tu serais là ?

— Ça, je peux te jurer qu'elle ne quitterait certainement pas son précieux Paris exprès pour moi ! Au contraire !

Du bout du pied, il jouait avec les graviers.

— Je sais que ma lâcheté envers elle la contrarie. Mais je n'y peux rien. Les vieilles habitudes ont la vie dure, poursuivit-il.

— Lâcheté ? répéta Tara en riant. Là tu exagères peut-être un peu. Malgré tout, je ne comprends pas ton attitude. Philip ne la craint pas, lui !

— Mais moi, je suis vraiment lâche, voilà tout !

— C'est stupide ! Je suppose que Philip aussi avait peur d'elle quand il était enfant, non ?

Clifford haussa les épaules. Il posa un bras sur le dossier du banc et enfouit ses doigts dans la longue chevelure brune de la jeune fille.

— Je ne sais pas, avoua-t-il. Je n'étais pas là pour

m'en rendre compte. N'oublie pas que Philip a une douzaine d'années de plus que moi.

— Tant que cela ? demanda Tara, franchement intéressée. Je n'aurais pas cru.

— Eh oui ! C'est une très grosse différence d'âge. En fait je n'ai jamais vraiment considéré Philip comme un frère. Surtout qu'il est plus ou moins devenu mon tuteur.

— Ta grand-mère l'a aidé, je pense ?

— Grand-mère ?

Clifford eut un petit rire dédaigneux.

— Pas en ce qui me concerne, non !

— Mais cela a dû être difficile pour un jeune homme d'avoir à diriger une entreprise et d'élever en même temps un enfant.

Clifford fit une petite grimace.

— Sois charitable, chérie ! Je n'étais plus un bébé ! J'avais douze ans, presque treize.

— Peut-être, mais Philip lui ne devait avoir que… vingt-quatre ou vingt-cinq ans. C'est jeune pour prendre de telles responsabilités, insista Tara.

Clifford l'observa quelques instants avec curiosité. Puis il haussa les sourcils.

— Je ne m'étonne plus que tu t'entendes bien avec grand-mère. Tu rejoins le clan des ferventes admiratrices de Philip Hautain.

— Tu dis des bêtises !

— Vraiment ?

Il poussa un profond soupir que Tara soupçonna de n'être pas tout à fait sincère.

— Grand-mère ne m'a jamais considéré de la même manière que Philip. Il est né à Paris, lui. Elle le trouve « civilisé ». De plus, il parle parfaitement le français, alors que mon accent n'est jamais assez bon pour la satisfaire.

Tara ne put s'empêcher de sourire devant son air lugubre.

— Ton français me paraît excellent, à moi, dit-elle.

Elle mentait un peu. Même elle pouvait se rendre compte de la différence entre la prononciation sans défaut de Philip et celle plus heurtée de Clifford.

— Non, il ne l'est pas, rétorqua-t-il. De toute façon, cela ne changerait rien. Grand-mère considère que tous les Gallois sont des barbares. Elle ne s'occupait jamais de ma pauvre mère et encore moins de moi. Parfois, je soupçonne Philip de penser comme elle.

— C'est faux ! déclara impulsivement Tara.

Elle avait mis une telle conviction dans sa protestation qu'il en fut surpris.

— Ah ?

Elle secoua la tête.

— Philip t'aime énormément, Cliff ! Ton avenir le préoccupe sincèrement.

Clifford, intrigué, la regarda avec insistance.

— Tu as l'air bien sûre de toi ! fit-il enfin.

Tara baissa les yeux. Elle se rendait compte que son attitude excitait la curiosité du jeune homme.

— Non, pas vraiment...

— Mais j'ai l'impression que tu connais bien les sentiments de Philip ; je me demande comment tu peux savoir tout cela ?

Elle haussa les épaules.

— Il... il me l'a dit.

Clifford prit les deux mains de la jeune fille dans les siennes. Quand il parla de nouveau, sa voix, ferme et posée, rappela à Tara celle de Philip.

— Pourquoi diable t'aurait-il confié cela à toi, chérie ? Qu'as-tu donc manigancé pendant que je me penchais sur mon chevalet ?

— Je n'ai rien manigancé du tout ! protesta-t-elle.

Il rit.

44

— Ne te fâche pas, mon amour. Bien sûr, je le sais. Mais comprends que je puisse te soupçonner d'avoir eu des rendez-vous secrets avec Philip. Tu as l'air tellement bien renseignée.

Tara hésita. Devait-elle raconter à Clifford ses conversations avec Philip ? Et surtout jusqu'où devait-elle pousser ses confidences ? Comment réagirait le jeune homme ?

— Il n'y a eu aucun rendez-vous, comme tu dis...

Elle craignait que son silence prolongé n'inquiète davantage son fiancé.

— Nous avons juste... discuté, c'est tout, conclut-elle.

— De moi ?

Elle acquiesça.

— Je dois t'épouser. Il est donc normal que nous ayons parlé de toi.

— Et surtout de mes projets d'avenir, je suppose ?

— C'est arrivé, avoua-t-elle prudemment.

Il fit une petite grimace, comme si tout s'éclairait brusquement.

— Il a encore voulu te forcer à agir dans son intérêt, contre moi. J'aurais dû me douter que Philip n'abandonnerait pas si facilement.

— Il n'a pas cherché à m'obliger, Cliff. De toute façon, je ne suis pas influençable. Je lui ai dit et répété que je ne tenterais rien pour te faire changer d'avis.

Clifford l'étudia pensivement pendant quelques instants. Sa mâchoire se durcit.

— Peut-être n'a-t-il pas voulu te forcer... Mais il a essayé de te convaincre. Comment ? Par quels moyens ?

— Que veux-tu que...

Elle s'interrompit.

— Il... il n'a rien fait du tout.

— Pourtant, tu n'as pas confiance en lui ?

La question la surprit. Elle le regarda, les yeux écarquillés.

— Je n'ai jamais rien dit de tel, Clifford. Et j'aimerais que tu cesses de m'interroger ainsi. On dirait que tu me soupçonnes de comploter derrière ton dos.

— Oh, chérie, pardon !...

Il prit sa main et la porta à ses lèvres. Il lui embrassa les doigts, un à un, avec ferveur.

— Je suis désolé. Mais je connais Philip mieux que toi, et je sais jusqu'où il est capable d'aller pour arriver à ses fins. Il peut se montrer parfaitement odieux. S'il t'ennuie, je suis décidé à faire mes bagages et à partir tout de suite.

— Je t'en prie, Clifford, non !

Elle posa un doigt sur les lèvres du jeune homme comme pour conjurer la menace.

— Je ne veux pas que tu prennes à cause de moi une décision que tu pourrais regretter un jour. Je suis certaine que Philip finira par te comprendre, si tu lui en laisses le temps.

Il pinça les lèvres, puis il haussa les épaules.

— J'en doute, fit-il. Il ne change pas facilement d'avis, une fois qu'il a pris une décision. A moins...

Ses yeux brillèrent soudain, d'un éclat plus vif. Il sourit.

Avant même qu'il ouvre la bouche, Tara avait deviné ce qu'il allait dire.

— A moins que, reprit-il, tu ne te prononces en ma faveur.

— Non, Cliff !

— Cela pourrait marcher, insista-t-il, ignorant son intervention. Philip ne sait pas résister à une jolie fille. Tu arriveras à le convaincre, ma chérie, j'en suis sûr !

— Non, Cliff ! Je ne peux pas !

— Pourquoi ? demanda-t-il gaiement. Nous ne ferions que lui rendre la monnaie de sa pièce.

— Il n'en est pas question !

Il la regarda un moment, indécis.

— Pour l'amour du ciel, pourquoi ? répéta-t-il.

— Tout simplement parce que je ne suis pas une poupée que vous pouvez manipuler chacun à votre tour pour servir vos desseins, répondit-elle avec amertume. D'abord toi, puis Philip, et maintenant toi à nouveau.

— Moi, d'abord ?

Il fronça les sourcils. Cependant, il était évident, à la façon dont il évitait soigneusement son regard, qu'il savait parfaitement de quoi il s'agissait.

— J'ai bien compris pourquoi tu as tellement insisté pour que je t'accompagne à Fairwinds, tu sais !

— Je ne voulais pas me séparer de toi pendant plusieurs semaines.

Tara eut un rire bref.

— Tu avais besoin de moi pour que je te soutienne quand tu dévoilerais tes projets à Philip. Ne le nie pas, Cliff !

Il ne répondit pas tout de suite. Il jouait tendrement avec les doigts de la jeune fille. Enfin, il la regarda d'un air contrit.

— Très bien, chérie, je l'avoue. Je suis sincèrement désolé de n'avoir pas été plus honnête avec toi. J'avais tellement peur que tu refuses de venir.

— C'est vrai, si j'avais su la vérité, je n'aurais pas accepté.

— Tu vois ! Et maintenant tu es là. Mais il faut que tu me croies, chérie : je voulais aussi, vraiment, que tu rencontres Philip et que tu découvres Fairwinds.

Il était sincère, et elle ne pouvait lui refuser son pardon. Elle sourit presque malgré elle.

— Je te crois, fit-elle. Mais j'aurais tout de même préféré que tu me dises tout, dès le début.

— Moi aussi, à présent, reconnut-il.

Il se pencha et posa un baiser léger sur les lèvres de Tara.

— Je t'aime... Je serais perdu sans toi.

— J'en doute !

Elle rit devant sa moue de protestation.

— En tout cas, je ne prendrai parti ni pour toi ni pour Philip.

— Tu ne parleras pas à Philip ?

— Non, répondit-elle avec fermeté. Te rends-tu compte de ce que tu me demandes ?

Il eut l'air vaguement perplexe.

— Simplement ceci : convaincre Philip de me laisser agir à ma guise, dit-il enfin.

— Exactement ce que Philip aimerait que je fasse, mais dans l'autre sens, non ?

Il hocha la tête, un petit sourire incertain sur les lèvres.

— Pourquoi pas ?

Tara prit une profonde inspiration.

— Si Philip veut me confier cette mission, c'est parce que je suis ta fiancée. Il pense que je dispose de certains moyens de persuasion.

Elle leva vers Clifford des yeux agrandis.

— C'est là ce que tu attends de moi vis-à-vis de Philip ?

Le sens de ses paroles sembla enfin atteindre le jeune homme.

— Bon sang ! Non ! cria-t-il. Il s'agit seulement de lui parler !

Tara ébaucha un sourire un peu triste.

— Philip n'est pas un homme à qui l'on peut se contenter de parler...

Le lendemain, Tara décida brusquement, sans en avertir Clifford, d'explorer seule les environs de

Fairwinds. A vrai dire, elle était un peu lasse de rester assise, sans rien faire, à le regarder peindre.

La campagne alentour était splendide. Elle ne risquait pas de se perdre à condition de ne pas trop s'éloigner. Un jour, Clifford lui avait recommandé de se méfier du brouillard qui pouvait parfois tomber très vite. Mais si cela se produisait il lui suffirait de faire rapidement demi-tour.

La vallée de Traochan, où se trouvait Fairwinds, était peu connue des touristes. Elle était cependant magnifique. Sous le chaud soleil d'été elle prenait un air un peu nostalgique qui séduisait Tara.

Elle s'engagea sur la route et se dirigea vers les collines les plus proches qui touchaient presque la maison et la protégeaient des intempéries.

Ses fines sandales n'étaient pas vraiment faites pour la marche, mais elle n'avait pas envie de retourner dans sa chambre pour se changer. Il faisait bon, et elle était parfaitement à l'aise dans sa robe sans manches.

Non loin de la propriété, Tara découvrit un petit chemin qui coupait à travers champs et conduisait manifestement au pied des collines.

Tout en marchant, la jeune fille se surprit à repenser à son avenir avec Clifford. Elle ne voulait pas l'avouer à Philip, mais la pensée d'avoir à vivre avec de maigres revenus d'artiste ne l'enchantait guère. Jusque-là, elle avait toujours vécu dans le confort si ce n'était dans le luxe. Comment s'adapterait-elle à une vie de bohème ?

Elle secoua la tête pour chasser ces sombres idées. Elle aurait tout le temps d'y songer à nouveau, plus tard.

Le sentier commençait à grimper. Il devenait rocailleux. Tara sentait les aspérités à travers ses fines semelles. Allons ! Elle pouvait supporter ce léger désagrément si la vue, là-haut, était aussi belle qu'elle s'y attendait.

Le chemin serpentait, et à chaque tournant la jeune fille découvrait un nouveau point de vue plus beau que le précédent.

Le ciel était d'un bleu très pâle, moucheté de petits nuages blancs immobiles. Il n'y avait pas un souffle de vent. Le temps semblait suspendu.

Tara parvint au dernier virage, un peu essoufflée. Plus bas, la vallée s'offrait à sa vue. Le silence était total. Tara avait le sentiment un peu enivrant de dominer le monde.

Oubliant le temps qui passait, elle resta là, immobile, à contempler ce paysage paisible. Elle imaginait sans peine qu'il pouvait devenir terriblement inquiétant lorsque le vent d'Est soufflait, amenant avec lui la pluie et de sombres nuages noirs.

Elle jeta un coup d'œil à sa montre : il était temps de redescendre.

Soudain, le soleil lui parut moins brillant. La température baissait.

Tout à coup, elle aperçut les premières traînées d'un épais brouillard qui enveloppait peu à peu les collines.

Incrédule, elle s'arrêta. La panique commença à la gagner : en quelques secondes, même le sentier disparut, noyé dans cette masse cotonneuse et grise qui tombait inexorablement.

Tara se secoua pour combattre l'affolement qui l'envahissait. La brume semblait s'accrocher à ses cheveux, à ses cils.

Il fallait absolument qu'elle continue sa descente vers la vallée. Elle devait pouvoir y parvenir à condition de se montrer très prudente.

Avec précaution, elle recommença à avancer. Elle marchait lentement, cherchant à évaluer l'endroit où elle posait les pieds ; un faux pas et elle risquait de rouler dans le précipice.

Qu'allait penser Clifford ? Elle s'était certainement

montrée stupide et imprudente. Philip, lui, n'aurait aucune hésitation. Il la condamnerait sans appel.

Tara frissonna, sa légère robe d'été ne la protégeait pas de cette humidité glaciale. Ses pieds étaient trempés et blessés par les cailloux du chemin.

Soudain elle eut terriblement envie de pleurer.

Elle s'arrêta pour tenter de se repérer. Mais c'était inutile. Elle n'entendait rien, ne voyait rien. L'univers était d'un gris opaque et uniforme.

Il fallait repartir : elle ne pouvait compter sur aucune aide. Il n'y avait probablement personne dans les environs.

Tara reprit sa marche à l'aveuglette. Après quelques minutes d'efforts épuisants, elle eut soudain l'impression que le brouillard s'éclaircissait. Non, elle ne se trompait pas. Fermant un instant les yeux de soulagement, elle ne vit pas une pierre et trébucha. Elle bascula en avant contre la paroi rocheuse en poussant un cri de douleur lorsqu'une aspérité lui entailla la joue.

La jeune fille mit un moment à retrouver son souffle. Des larmes lui piquaient les yeux. Enfin elle parvint à se remettre en route. A chaque pas la brume se faisait moins dense. Le sentier réapparaissait. Elle put accélérer son allure.

Et, brusquement, Tara se retrouva en plein soleil. Certes, il brillait moins fort que tout à l'heure, mais il était là, rassurant. Elle se mit à courir.

Elle tremblait de froid. Ses cheveux pendaient en mèches humides sur son visage et son cou. Elle se sentait sale, débraillée et épuisée. Pourvu que Clifford se montre compatissant !

Tara avait atteint la grand-route. Soudain, elle entendit une voiture derrière elle. Elle eut un moment envie de faire signe au conducteur, mais elle résista fermement à la tentation. Aucun automobiliste ne voudrait prendre à son bord quelqu'un d'aussi pitoyable...

Cependant, le véhicule freina et s'arrêta à sa hauteur. Tara, se retournant, rencontra le regard sombre et moqueur de Philip.

Bien sûr, il fallait que ce soit Philip, songea-t-elle, furieuse. Elle resta figée, muette tandis qu'il l'observait.

— Montez ! fit-il enfin.

Il se pencha pour lui ouvrir la portière du côté du passager. Elle obéit et se glissa avec gratitude sur le siège confortable. De nouveau, il s'inclina pour refermer. Tara fut parcourue lorsqu'il l'effleura d'un frisson troublant.

Contrairement à son attente, il ne redémarra pas immédiatement. Il se tourna vers elle et la dévisagea un moment en silence. Puis il lui releva doucement le menton. Une délicieuse chaleur envahit Tara. Elle se sentait redevenir merveilleusement vivante. Il sortit un mouchoir blanc de la poche de sa veste pour essuyer tendrement sa joue écorchée.

— Que s'est-il passé ? demanda-t-il de sa voix calme.

Inexplicablement elle eut soudain envie de pleurer. Peut-être était-ce nerveux ?

— J'ai été surprise par le brouillard.

Il jeta un coup d'œil aux collines dont le sommet disparaissait encore dans une brume grise.

— Vous êtes allée vous promener là-haut ?

— Oui...

— Et vous ne saviez pas que le temps pouvait changer rapidement, même en été ?

Sa voix restait douce mais ses questions tournaient rapidement à l'interrogatoire. Tara se demandait si elle devait réagir.

— Clifford m'avait avertie, se contenta-t-elle de répondre.

— Et naturellement, vous n'en avez pas tenu compte ! Vous avez pensé que vous saviez mieux que tout le monde !

De nouveau, elle frissonna. Elle essaya d'échapper à la main de Philip. Même ce léger contact suffisait à la troubler. Elle ne savait plus si elle tremblait de froid ou à cause de la proximité de Philip.

— Non, ce n'est pas cela, dit-elle d'une voix curieusement enrouée. Seulement je... je ne pensais pas qu'il pouvait tomber si vite. Je croyais avoir le temps de faire demi-tour. N'en parlons plus ! Après tout il ne m'est rien arrivé.

— Vous avez eu beaucoup de chance.

La voix de Philip était si froide que Tara lui lança un regard de reproche.

— Je vous en prie, Philip ! Ne vous fâchez pas, supplia-t-elle. J'ai froid, je suis trempée et j'ai mal aux pieds. Je... je ne peux pas supporter ce... cet interrogatoire.

Philip posa un regard dédaigneux sur les chaussures légères de la jeune fille. Il secoua la tête et entreprit d'enlever sa veste.

— Vous mériteriez d'avoir les pieds en miettes. Quelle idée de partir en promenade avec des sandales ! Allons ! Mettez cela sur vous.

— Non... je...

— Ne discutez pas, Tara.

Il posa sa veste sur les épaules de Tara et se pencha légèrement pour la fermer. Elle frémit en le sentant si proche. Sa chaleur l'enveloppait tout entière. Philip posa une main sur le dossier du siège de Tara. Leurs visages se touchaient presque. Soudain il sourit. Elle se troubla.

— Vous ressemblez à un petit vagabond ! Mais à un très joli vagabond !

Le cœur de la jeune fille se mit à battre à grands

coups sourds dans sa poitrine. Elle était prisonnière de la veste de Philip. Il était si près d'elle qu'elle sentait son souffle sur sa joue. Paupières baissées, elle essayait désespérément de garder le contrôle de ses sens... Elle s'y attendait, certes, mais elle ne put s'empêcher de sursauter lorsque la bouche ferme et douce de Philip se posa brièvement sur la sienne.

— Il vous faut un bon bain chaud et un verre de cognac, déclara-t-il.

— Je... je vais très bien, murmura Tara. Je n'ai besoin de rien.

Elle essayait de contrôler sa voix mal assurée.

— Vous frissonnez et vous êtes trempée, insista-t-il.

Il reprit sa place derrière le volant.

— De plus, vous avez probablement les pieds entaillés. J'espère que Clifford va vous sermonner comme vous le méritez.

Il mit le contact.

— Je ne crois pas qu'il le fera, dit Tara. Au contraire j'espère qu'il me consolera.

Philip eut un petit rire bref, puis engagea la voiture sur la petite route qui menait à Fairwinds.

— A mon avis, vous n'avez besoin ni de réconfort ni de compassion, petite fille. Si vous étiez mienne, je vous donnerais une bonne fessée pour vous apprendre à être aussi stupide !

— Dans ce cas, je suis ravie que vous n'ayez aucun droit sur ma personne !

Philip rit de nouveau. Ils arrivaient. Il se tourna pour la regarder. Ses yeux noirs étincelants étaient pleins de sous-entendus.

— Je crois au contraire que ce serait beaucoup mieux pour vous !

4

Tara fut un peu surprise et désappointée par la réaction désinvolte de Clifford. Certes, elle ne s'attendait pas à ce qu'il s'inquiète outre mesure. Après tout, son aventure s'était bien terminée. Mais elle aurait aimé qu'il lui témoignât un peu plus d'attention.

Ce fut Philip qui lui fit boire un peu de cognac et lui ordonna de prendre un bain, Philip encore qui demanda à Mme Evans de soigner la joue écorchée de la jeune fille.

Mme Hautain observa ces marques d'intérêt avec des yeux plus perçants que jamais, et un sourire que Tara trouva étrangement déconcertant.

Tara espérait que sa petite mésaventure aurait au moins le mérite d'ouvrir les yeux de Clifford. Il allait peut-être comprendre qu'elle en avait assez de rester assise à le regarder peindre.

Aussi, quelques jours plus tard, tenta-t-elle sa chance.

Ils étaient tous à table, à l'heure du déjeuner.

— Je me demandais si tu pourrais m'emmener à Glandewin, cet après-midi, Clifford ?

Il la regarda, visiblement étonné, et elle s'en irrita.

— Cet après-midi ? répéta-t-il sans enthousiasme.

— Oui, j'ai quelques courses à faire. Et puis je n'ai

encore rien vu de la région, à part ma malheureuse promenade dans les collines.

— Bien sûr…

Le jeune homme fit une petite grimace.

— Mais faut-il vraiment que ce soit aujourd'hui, ma chérie ?

Tara sentait sur elle le regard sombre et attentif de Philip.

— Je suppose que non, céda-t-elle.

Elle était déçue. Mais avant que Clifford ait eu le temps de répondre, la voix profonde de Philip s'éleva.

— Si tu es trop occupé à peindre, Clifford, je peux très bien déposer Tara en ville en allant au bureau.

— Au bureau ? répéta Clifford. Mais c'est samedi !

— Crois-tu que je ne le sache pas ? riposta tranquillement Philip. J'ai du travail à finir. J'en fais plus que ma part en ce moment, tu sais !

Le sens de sa phrase était clair, et Clifford en fut blessé.

— Alors tu devrais prendre quelqu'un pour t'aider, dit-il sèchement.

— C'est bien ce que je compte faire.

Philip capta le regard de Tara avant qu'elle n'eût le temps de se détourner.

— Voulez-vous venir avec moi, Tara ? demanda-t-il doucement.

Le premier mouvement de la jeune fille fut de refuser.

— Je… je ne sais pas.

Elle regardait Clifford, mais celui-ci ne sembla pas comprendre sa prière muette.

— Clifford, m'emmèneras-tu à Glandewin, oui ou non ?

— Mais… oui, bien sûr, ma chérie… si tu veux.

Il manquait si évidemment d'enthousiasme que Tara fronça les sourcils. Elle savait que Mme Hautain les observait avec intérêt, et elle en voulut à Clifford de l'obliger ainsi à le supplier.

Elle serra les doigts sur le pied de son verre.

— Oh! Après tout, Cliff, ne te dérange pas pour moi! Je peux très bien y aller avec Philip.

Elle fixa celui-ci avec un sourire provocant.

— Si vous voulez toujours de moi, Philip, j'aimerais beaucoup venir.

— Chérie... protesta Clifford.

Malgré la faiblesse de cette protestation, Tara fut un instant, tentée de changer d'avis. Mais il était trop tard. Elle ne pouvait plus revenir en arrière.

— Je ne veux surtout pas perturber ton plan de travail, dit-elle à son fiancé. Continue donc à peindre!

— A présent, tu te moques de moi, gémit-il.

Trois paires d'yeux, surpris, se tournèrent vers Mme Hautain lorsque celle-ci éclata brusquement d'un rire joyeux.

— Tu es fou, mon pauvre Clifford! lança-t-elle à son petit-fils. Tu laisses toutes ses chances à Philip!

Clifford garda le silence. Tara était désolée d'avoir ainsi attiré sur lui les railleries de sa grand-mère. Si Philip lui avait donné la moindre occasion de reculer, elle l'aurait volontiers saisie. Mais elle savait qu'il n'en ferait rien.

— Je ne serai pas absente très longtemps, fit-elle.

Elle adressa un sourire de consolation à son fiancé.

Celui-ci eut un petit rire sans joie.

— Je n'en crois rien..., rétorqua-t-il.

L'après-midi était délicieux. Le soleil resplendissait dans un ciel d'un bleu éclatant.

Confortablement installée dans la voiture de Philip, Tara apprécia chaque instant du trajet jusqu'à Glandewin. Elle se sentait bien un peu coupable d'avoir abandonné Clifford, mais après tout c'était uniquement sa faute s'il était condamné à passer seul cette fin de journée. Ils avaient failli se disputer pour la première fois, et cela la contrariait plus qu'elle ne voulait l'admettre.

Glandewin se révéla être une agglomération relativement importante, mais grise et triste en dépit du soleil. Elle était tout entière dominée par le vaste complexe de Hautain & Fils. Tara prit conscience, au cours de sa promenade, de l'importance de la société. Elle fournissait manifestement la plupart des emplois dans la région.

Lorsqu'elle eut fini ses courses, Tara se rendit à l'entrée principale de l'usine et demanda Philip.

Le regard du gardien la mit mal à l'aise. Elle se douta que ça ne devait pas être la première fois qu'il introduisait une jolie visiteuse dans le bureau de Philip Hautain.

Celui-ci avait dû être averti de l'arrivée de la jeune fille, car il vint à sa rencontre dans un interminable couloir. Il la fit entrer dans un bureau d'un luxe extrême. Au cours de sa courte expérience professionnelle, elle n'avait pas eu l'occasion de rencontrer des personnes aussi haut placées dans la hiérarchie de la société. Elle se sentit un peu nerveuse. Mais elle devait reconnaître que cette réaction était due tout autant au fait de se retrouver seule avec Philip dans cet immeuble pratiquement désert.

Bien qu'il soit au travail, Philip portait une tenue plus décontractée que d'habitude. Vêtu d'un pantalon gris et d'une chemine bleue largement ouverte, il était plus séduisant que jamais. Tara prit une profonde inspiration pour tenter de dominer son trouble.

Philip la fit asseoir puis reprit sa place derrière son bureau. Il murmura une vague excuse au sujet de courrier à finir et se replongea dans son travail.

Au bout de quelques minutes, il rangea les documents qu'il venait d'étudier avant de se renverser en arrière dans son grand fauteuil de cuir.

Il fixa sur Tara son étrange regard sombre.

— Cela doit vous rappeler des souvenirs... suggéra-t-il.

Tara fit non de la tête.

— Je n'ai jamais pénétré dans une pièce comme celle-ci.

Philip leva un sourcil surpris.

— N'étiez-vous pas secrétaire? C'est ce que j'avais cru comprendre...

— C'est vrai, admit Tara. Mais pas assistante du grand patron!

Philip sourit lentement. Son regard parcourut la jeune fille avec une approbation si évidente qu'elle se sentit rougir.

— Il devait être aveugle! affirma-t-il de sa belle voix grave.

Il prit une cigarette, l'alluma et adressa un sourire à Tara.

Le sang battait à ses tempes. Elle s'empourpra de plus belle. Elle aurait dû s'attarder davantage à faire ses courses. Elle se serait épargné ce tête-à-tête éprouvant avec Philip.

— Il avait une secrétaire très compétente, dit-elle enfin d'une voix un peu haletante.

Elle comprit à la façon dont son sourire s'élargissait qu'il s'était rendu compte de sa nervosité.

— C'est ce qui compte le plus, dans le travail, ajouta-t-elle.

— Bien sûr, acquiesça-t-il. Mais il peut être très agréable aussi de combiner la beauté et la compétence. N'étiez-vous pas une bonne secrétaire?

Tara décida de relever le défi.

— Si, affirma-t-elle. Et j'aurais certainement eu une carrière intéressante si j'avais continué.

— Mais Clifford vous a persuadée de vous arrêter, c'est cela ?

Tara fit oui de la tête. Son sourire était un peu nostalgique.

— Il peut se montrer très convaincant, parfois.

— N'avez-vous pas envie de vous y remettre ?

Tara cligna des yeux, instinctivement sur ses gardes. Philip la fixait, et il lui était difficile de se concentrer. Son cœur battait à se rompre, elle avait la tête complètement vide. Philip la bouleversait profondément.

— Je... je pense que oui, balbutia-t-elle. Mais Clifford ne le désire pas.

— S'il persiste à vouloir peindre, vous y serez obligée. Y avez-vous songé ?

— Oui... Mais je m'attaquerai au problème quand il se présentera.

Philip se leva soudain et vint s'asseoir sur le coin du bureau, beaucoup trop proche au goût de Tara.

De sa place elle ne voyait qu'un mocassin parfaitement ciré qui se balançait avec la régularité d'un métronome. Philip l'observait en silence, un demi-sourire aux lèvres.

— J'ai besoin d'une secrétaire, dit-il enfin, d'une façon si inattendue que Tara le dévisagea stupéfaite.

Elle cherchait désespérément à comprendre les raisons de cette offre.

— Moi ? Pourquoi ?

— Cela me permet de faire d'une pierre deux coups. Ses yeux pétillaient, sa voix lente hypnotisait Tara.

— Je trouve une collaboratrice et je vous donne une bonne occasion de demeurer à Fairwinds tous les deux.

— Je vois !

Curieusement elle était un peu déçue. Ainsi il voulait qu'elle travaille pour lui uniquement pour garder Clifford à Fairwinds.

— J'en suis certain. Au fait, je vous crois sur parole quand vous m'affirmez que vous êtes très efficace.

— C'est parfaitement inutile ! rétorqua Tara, vexée. Si j'acceptais ce poste, je pourrais vous fournir des références. Mais je n'ai aucune intention de travailler pour vous, Philip !

Philip manifestement n'appréciait pas ce refus. Ce devait être une expérience nouvelle pour un homme habitué à ce que tout le monde plie devant lui.

— Puis-je vous demander pourquoi ?

Tara haussa les épaules. Malgré son désir de paraître calme et maîtresse d'elle-même, elle était mal à l'aise.

— Pour une bonne raison : je n'ai pas besoin de travailler pour le moment.

La colère, la frustration et l'étonnement passèrent dans le regard de Philip.

— Est-ce votre dernier mot ?

Il se leva. Machinalement, Tara en fit autant. Son geste l'amena si près de lui qu'ils se touchèrent. La chaleur de ce bras dur et musclé la brûla. Elle tressaillit.

— Tara !

Elle n'osait le regarder. Il lui prit le menton pour la forcer à relever la tête.

— J'aimerais... partir, chuchota-t-elle d'une petite voix tremblante.

Il garda le silence. L'attente donnait le vertige à la jeune fille. Tout tournait autour d'elle, elle frissonnait. Il se pencha alors et déposa un léger baiser sur son front brûlant.

— Vous n'avez pas confiance en moi, n'est-ce pas ? demanda-t-il doucement.

Cette idée semblait le blesser.

— Venez ! Je vous ramène à la maison.

Tara le suivit jusqu'à la voiture dans un état second. Peut-être n'aurait-elle pas dû repousser son offre de cette manière ? Elle avait le mérite de résoudre son problème et celui de Clifford. Mais elle savait avec certitude qu'elle n'aurait pas la force de passer toutes ses journées en compagnie de Philip ; il la troublait beaucoup trop.

La voiture de Philip était une superbe décapotable noire. La jeune fille apprécia la fraîcheur de l'air sur son visage brûlant. La vue des longues mains brunes posées sur le volant ne fit rien pour apaiser sa fièvre. Il y avait en elles quelque chose de sensuel qui éveillait le désir de Tara. Elle n'avait jamais rien ressenti de tel. L'intensité des sensations que Philip provoquait en elle l'affolait. Même Clifford ne la troublait pas ainsi. Qu'allait-elle devenir si elle devait continuer à vivre sous le même toit que Philip ?

Soudain, il se tourna vers elle et lui sourit comme s'il avait suivi le cours de ses pensées.

Elle baissa vivement les yeux.

— Ça va ? demanda-t-il.

— Oui, merci.

— Vous ne regrettez pas d'être venue ?

Elle secoua la tête.

— Pourquoi, je devrais ?

— Je ne sais pas. Mais vous n'avez pas aimé que je vous propose ce poste. Je me trompe ?

A nouveau elle fit non de la tête.

— Je... Je sais que vous vouliez bien faire, Philip, et je vous en suis très reconnaissante, mais...

— C'était autant dans mon intérêt que dans le vôtre. Je pensais à Clifford aussi. Vous n'avez pas apprécié la petite scène du déjeuner...

Il était difficile de cacher quelque chose à Philip.

— Je n'ai pas l'habitude de me venger. De plus, Clifford voulait vraiment continuer son travail.

— Vous parlez de sa peinture ?

— C'est son travail, insista-t-elle calmement. Que vous le preniez au sérieux ou non !

Philip rit brièvement.

— Mais je prends tout cela très au sérieux, affirmat-il. Cela représente beaucoup pour moi ; je ne traite pas ce problème à la légère.

Tara savait qu'il disait la vérité.

— Je suis désolée, Philip, sincèrement !

— Vraiment ?

Un virage plus serré que les autres la projeta contre lui, mais il lui jeta à peine un coup d'œil concentrant toute son attention sur la conduite.

— Alors pourquoi ne voulez-vous pas m'aider ?

— Je... Je veux dire... Je regrette que Clifford n'ait pas envie de travailler avec vous. Je sais combien vous avez besoin de lui. Mais...

Elle s'interrompit, cherchant les mots exacts pour exprimer sa pensée. C'était terriblement difficile.

— Je vous l'ai déjà dit, reprit-elle. A Clifford aussi, d'ailleurs. Je n'interviendrai pas dans ce que je considère être une affaire de famille. Je le pense vraiment, Philip !

— Alors, il y a encore de l'espoir !

Tara le regarda à la dérobée. Que voulait-il dire ?

— Pourquoi ?

Il sourit.

— Parce que je pensais que vous soutiendriez totalement Clifford. A sa place, c'est ce que j'attendrais de vous.

Comme elle ne répondait pas, il tourna à nouveau la tête vers elle. Il leva un sourcil interrogateur.

— Dois-je comprendre que vous n'approuvez pas plus que moi les projets artistiques de Clifford ? Mais vous ne voulez pas l'admettre, c'est cela ?

Tara le considéra un instant.

— Je pense simplement qu'un homme a le droit de choisir ce qu'il veut faire de sa vie. J'approuverai tout ce que décidera Clifford.

— Et vous le regretterez toute votre existence ?

— Pas nécessairement !

Pourtant, ce serait le cas... Cela ne faisait que rendre plus douloureuse encore la suggestion de Philip.

— J'aimerais que vous lui donniez une chance de prouver ce dont il est capable, Philip !

Sa voix le suppliait. La bouche de Philip se pinça, une lueur dure et inflexible s'alluma dans ses yeux sombres.

— J'admettrais son point de vue à l'instant même, s'il était un tant soit peu raisonnable. Mais il n'est pas sérieux de vouloir mener à la fois deux choses très importantes, en sortant de l'école.

— De l'université, corrigea-t-elle.

— Cela ne change rien !

Manifestement, il n'avait pas apprécié son intervention.

— On ne peut pas courir avant d'avoir appris à marcher. Clifford court au désastre, mais il est si têtu qu'il ne veut pas le comprendre.

— L'obstination me paraît être un défaut de famille !

Elle se mordit vivement les lèvres, tandis qu'il fronçait les sourcils.

— C'est ce que vous pensez ? demanda-t-il sèchement. Puis, sans lui laisser le temps de répondre, il enchaîna :

— Eh bien, au moins, moi, j'avais plus de bon sens que mon frère. Je n'ai pas essayé de voler de mes propres ailes à la fin de mes études... Tout en envisageant d'épouser une jeune fille connue depuis à peine deux mois !

Tara crispa nerveusement ses mains sur ses genoux. Elle s'était demandé combien de temps s'écoulerait avant qu'un membre de la famille Hautain fasse remarquer qu'elle ne connaissait guère Clifford. Mais elle s'attendait à entendre Mme Hautain aborder le sujet la première. Elle aurait dû se douter que ce serait Philip !

— Nous y voilà... dit-elle enfin.

Sa voix tremblante et rauque la surprit elle-même.

— Je suppose que vous me prenez pour une petite arriviste qui cherche à piéger un riche mari, poursuivit-elle.

— Vous pourriez l'être, effectivement. Mais je ne le crois pas !

— Merci !

Il sourit.

— Pensiez-vous réellement que j'avais cette déplorable opinion de vous ? demanda-t-il.

Tara haussa les épaules. Elle se sentait soudain toute petite et terriblement vulnérable.

— Je... je ne vous connais pas assez pour en juger, balbutia-t-elle. J'ai même l'impression que je ne connais pas Clifford aussi bien que je l'imaginais.

— Alors, pourquoi, diable, vous être fiancée avec lui ?

Tara soupira.

— Nous nous sommes laissé entraîner, en quelque sorte...

— Et vous le regrettez ?

La voix de Philip était devenue coupante et dure. A travers ses cils, elle lui lança un coup d'œil furtif.

— Non, répondit-elle.

Mais le ton était un peu incertain...

— A quand le grand jour ? insista Philip.

Tara s'aperçut soudain qu'elle n'aimait pas penser à quelque chose d'aussi précis qu'une date de mariage. C'était la première fois qu'elle se l'avouait et elle en fut troublée.

— Je... je l'ignore... Nous ne sommes pas si pressés...

Philip lui adressa un regard lourd de signification.

— Je ne crois pas que Clifford soit du même avis. S'il

s'agissait de moi, je ne vous permettrais pas de me faire attendre ainsi.

— Mais lui non plus n'est pas pressé ! protesta Tara.

Soudain Philip ralentit et rangea la voiture sur le bas-côté de la route. Il coupa le contact.

Tara le dévisageait, indécise, le cœur battant.

Il se tourna sur son siège pour l'observer en silence. Il était beaucoup trop proche, et les mains de Tara se mirent à trembler avec tant de violence qu'elle dut les serrer l'une contre l'autre avec force.

— Vous ne songez pas à changer d'avis, n'est-ce pas, Tara ?

Elle releva vivement les yeux.

— Non, bien sûr que non !

Il l'étudia un instant, implacable.

— Je suis heureux de l'entendre !

Elle leva vers lui un regard incertain. Que signifiait vraiment cette opinion, émise d'une voix douce ?

— Vraiment ? fit-elle. Je vous aurais cru ravi que je l'abandonne. Vous pourriez plus facilement l'obliger à suivre vos plans.

Philip hocha négativement la tête. Il avait posé un bras sur le dossier du siège de Tara. Ses longs doigts vigoureux caressaient doucement l'épaule nue de la jeune fille.

— Je ne veux pas qu'il souffre, dit-il. Même s'il est très têtu, j'aime beaucoup mon petit frère. Si vous le quittiez maintenant, je vous jure que je tordrais votre joli petit cou avec le plus grand plaisir !

Sa main remonta sous la masse de cheveux noirs. Son pouce pressa fermement la gorge de Tara pendant une seconde.

Elle recula brusquement, les yeux élargis par la crainte.

— Philip...

Il éclata d'un rire joyeux.

— Vous croyez que je n'en serais pas capable ?

— Si, sûrement !

Elle voulut secouer la tête mais elle en fut empêchée par les doigts qui encerclaient toujours son cou mince.

— Vous n'avez jamais songé que le contraire pourrait se produire ?

Il eut l'air surpris. Tara expliqua sa pensée.

— Supposons... que ce soit Clifford qui change d'avis. Que ferez-vous ?

Philip sourit de ce lent sourire infiniment troublant. Il se pencha et posa brièvement ses lèvres sur celles de Tara.

— Dans ce cas, dit-il d'une voix grave, moi, je vous épouserais.

— J'aurais préféré que ce soit toi qui m'emmènes à Glandewin, dit-elle à Clifford, le lendemain.

Il avait enfin décidé de lui consacrer quelques instants.

Il serra sa main et sourit.

— Tu n'as pas apprécié la compagnie de Philip ? interrogea-t-il. Je ne vois pas pourquoi il t'inquiète tellement. Il ne te mangera pas. De toute façon, il a beaucoup trop le sens de l'honneur pour essayer de me chiper ma petite amie.

— Clifford !

Tara se demandait jusqu'à quel point Clifford connaissait son frère aîné... Qui en fait pouvait se vanter de comprendre l'énigmatique Philip Hautain ? Elle-même ne savait qu'une chose : il la troublait, et sa voix magnifique causait des ravages sur ses sens. Mais elle ne cherchait pas à savoir ce qu'il pensait. Elle se contentait d'éviter de se retrouver seule avec lui.

— Je suppose qu'il a encore essayé de te manipuler pour que tu te ranges à son côté.

Tara secoua la tête.

— Non, pas vraiment !

Clifford eut l'air surpris et même un peu déçu.

— C'est étrange. Je pensais qu'il profiterait de l'occasion pour te parler.

— Une occasion que tu lui as offerte sur un plateau, accusa Tara.

— En fait, chérie, c'est à toi que je pensais l'offrir. Je souhaitais que tu te décides à sortir de ta neutralité pour lui glisser quelques mots en ma faveur.

Tara comprit enfin l'attitude de Clifford, la veille, pendant le déjeuner.

Elle fit une petite grimace.

— Veux-tu dire que tu as agi délibérément ? Tu voulais que je sois seule avec lui ?

— Mais, bien sûr, chérie ! Crois-tu que je t'aurais laissée partir sans moi, autrement ?

La colère de Tara faillit éclater quand elle se rappela le trajet de retour... Elle serra les poings et parvint à se contrôler.

— Quelquefois je m'interroge sérieusement à ton sujet, Clifford, dit-elle durement. Tu as agi d'une manière particulièrement désagréable et sournoise. Je suis désolée de te décevoir, mais je n'ai rien fait pour convaincre Philip !

— Chérie...

— De plus, poursuivit Tara, savourant cet instant, Philip pense que tu as tort de vouloir épouser une fille que tu connais à peine.

Même cette révélation ne démonta pas Clifford. A sa façon, il avait parfois autant de flegme que son frère.

— Il le ferait bien, lui ! déclara-t-il.

— Il a ajouté qu'il me tordrait le cou si j'osais te laisser tomber à la dernière minute, continua Tara sans le moindre remords.

Cette fois Clifford la dévisagea.

— Il a dit quoi ?

— En fait, précisa Tara, il a dit qu'il tordrait mon joli cou.

Elle lança un coup d'œil provocant à Clifford.

— Vraiment?

Il rit et embrassa la jeune fille juste sous l'oreille.

— Il a raison, c'est un délicieux petit cou, murmura-t-il dans ses cheveux. En fait, tu es une très jolie petite chose, Tara Villiers, et je t'aime.

— Alors pourquoi passes-tu si peu de temps en ma compagnie? risqua-t-elle. Tu restes toute la journée planté devant ce maudit chevalet.

Clifford sourit. Il lui fit un petit clin d'œil et se pencha pour l'embrasser sur la bouche.

— Parce que Philip doit comprendre que je suis terriblement sérieux. Même si pour cela je te délaisse un peu, ma douce.

De nouveau il l'embrassa.

— Et jusque-là tu continueras à m'ignorer?

— Oh, chérie! Je t'ignore vraiment?

Il la serra plus fort contre lui et grimaça un vague sourire d'excuse.

— J'ai une idée, mon amour. Tu sais ce que nous allons faire? Demain je t'emmène dîner à Midlipp. Qu'en penses-tu?

— Cela ne me paraît pas être une mauvaise idée...

Tara sourit, toute colère apaisée. Elle détestait se plaindre de la manière dont Clifford la traitait. Aussi était-elle ravie de pouvoir souscrire joyeusement à une de ses propositions.

Il la fit pivoter et l'embrassa légèrement sur les lèvres. Puis il enfouit son visage dans la douce chevelure brune de sa compagne.

— Je mérite tes remontrances, ma chérie, chuchota-t-il contre son oreille. Je t'ai négligée ces derniers temps. Je parie que même Philip s'en est aperçu. Je me trompe?

Tara renversa la tête en arrière et le regarda, intriguée.

— Je ne sais pas, répondit-elle prudemment. Qu'est-ce qui te pousse à le penser ?

Clifford la fixa avec une expression proche de celle de son frère.

— Philip tient absolument à ce que j'entre chez Hautain & Fils. Et même si j'adore mon grand frère, je sais très bien qu'il est capable de tout pour arriver à ses fins. Je ne serais pas surpris qu'il tente de t'éloigner de moi pour pouvoir mieux me convaincre.

Tara se souvint de la réponse de Philip lorsqu'elle avait suggéré quelque chose de semblable.

— Il ne ferait rien de tel. Oublies-tu qu'il m'a menacée du pire si je te quittais ? Il m'a même demandé la date de notre mariage.

— Ah oui ?

Les bras de Clifford se durcirent autour d'elle. Il semblait furieux.

— Pourquoi ? Y a-t-il une urgence quelconque ?

— C'est ce que je lui ai répondu.

La voix de Tara était un peu étouffée. Clifford la serrait très fort contre lui. Elle ne pouvait voir le visage du jeune homme, et pourtant elle aurait aimé lire dans ses yeux, à cet instant. Bien sûr elle avait laissé entendre à Philip qu'ils n'étaient pas pressés... Mais, elle le savait, c'était surtout vrai pour Clifford...

Depuis le début, il avait soigneusement évité toute précision à ce sujet, et jusque-là elle n'avait pas éprouvé le besoin de le mettre au pied du mur.

— Nous avons le temps, non ? dit-il enfin. Amusons-nous un peu d'abord ! Qu'en penses-tu mon amour ?

— Pourquoi pas ? concéda Tara.

Pourtant, elle ne parvenait pas à oublier les paroles provocantes que Philip avait prononcées : si Clifford lui

70

faisait faux bond à la dernière minute, il l'épouserait, lui.

Bien sûr, il n'avait pas parlé sérieusement, mais cette seule idée suffisait à faire battre plus vite le cœur de la jeune fille.

5

Le dîner à Midlipp fut aussi agréable que Tara l'avait espéré. Le restaurant où Clifford l'emmena n'était pas très grand, mais la nourriture était délicieuse et le service charmant. Quant au vin, ils s'accordèrent tous deux à le trouver parfait.

Ils n'étaient à Fairwinds que depuis un mois, pourtant il leur semblait qu'une éternité s'était écoulée depuis leur dernière soirée en tête à tête.

Leur entrée dans la salle fut suivie par des regards admiratifs. Ils formaient un très beau couple, il fallait bien le reconnaître.

Comme à l'habitude, Clifford se montra un compagnon attentif, drôle, et le temps passa trop vite.

— J'ai l'impression de marcher dans les nuages, dit Clifford, tandis qu'ils regagnaient leur voiture.

— Cela ne m'étonne pas, rétorqua Tara en riant. Ce petit vin était un peu traître, et tu ne t'es pas fait prier pour en boire !

— Toi, non plus, ma chérie !

Il se pencha et planta un baiser sur le bout du nez de la jeune fille.

— Tes yeux brillent comme des étoiles. Tu es très, très belle, mon amour.

Tara se mit à rire de plus belle. Ce soir tout lui paraissait plus brillant et plus beau.

Ses cheveux noirs se balançaient doucement dans la brise nocturne, et ses yeux sombres étincelaient de plaisir. Elle était blottie au creux du bras de Clifford.

— Je me sens légère... légère, fit-elle.

Soudain, elle pouffa de rire.

— Si Philip nous voyait... Il ne nous approuverait pas, n'est-ce pas ?

Pour quelle raison songeait-elle donc à Philip en ce moment ?

Clifford l'observait, un pli entre les sourcils.

— Philip ? Pourquoi penses-tu à lui ?

Mal à l'aise, Tara haussa les épaules.

— Je ne sais pas, avoua-t-elle.

Elle aurait aimé pouvoir chasser de son esprit cette image troublante.

— Je... Je suppose que cela m'a juste traversé l'esprit, c'est tout.

— En tout cas, tu as parfaitement raison : il n'approuverait certainement notre... disons gaieté, alors que je dois conduire pour rentrer.

Tara sursauta, brusquement dégrisée ; elle avait complètement oublié ce trajet de retour.

— Peut-être ne devrions-nous pas reprendre la voiture ?

— C'est absurde, voyons !

Ils étaient arrivés devant le véhicule de Clifford. Dans la lumière faible du parking, ses yeux bleus paraissaient plus foncés. Il ressemblait davantage à Philip. Il tenait toujours Tara par les épaules.

— Tu n'as quand même pas peur de rentrer avec moi, chérie ?

Tara étudia la question un instant, très sérieusement.

— Non, dit-elle enfin. Tu ne me parais pas si ivre que cela.

Clifford l'attira à lui avec tant de force que le souffle lui manqua. La bouche du jeune homme prit la sienne dans un long baiser passionné. Une vague de chaleur envahit Tara. Sa tête se mit à tourner. Pourtant elle n'était pas sûre que cette étreinte en soit la seule cause.

— Aie confiance en moi, murmurait-il à son oreille.

Tara sourit un peu vaguement.

— C'est ce que je fais toujours, non ?

Clifford se mit à rire. Il l'embrassa de nouveau, mais avec tendresse cette fois.

— Bien sûr, mon amour !

Ce fut Tara, qui, la première, s'aperçut qu'ils n'étaient plus seuls. Elle se dégagea en hâte de l'étreinte de Clifford. Ses joues s'embrasèrent lorsqu'elle reconnut l'homme qui se tenait devant elle. A quelques pas seulement, Philip les regardait, ses clés de voiture à la main. Une femme l'accompagnait.

Tara baissa vivement les yeux.

Clifford aussi avait reconnu les nouveaux arrivants. Il éclata de rire.

— Quand on parle du loup... fit-il.

Sa voix anormalement forte trahissait sa légère ivresse.

La première surprise passée, Tara se décida à jeter un coup d'œil à la compagne de Philip. Celle-ci les observait, un léger sourire amusé sur les lèvres. Ce ne pouvait être qu'Elwyn Owen-Bragg. Elle était blonde et mince, mais elle paraissait froide, dure, volontaire. Il fallait cependant avouer qu'elle était fascinante. Elle ferait une épouse parfaite pour un homme d'affaires prospère comme Philip.

D'instinct, Tara ne l'aima pas ; plus encore, elle détesta la voir en compagnie de Philip.

Celui-ci, à la différence de Clifford, était en tenue de

soirée. Il portait un smoking noir qui mettait en valeur sa haute taille. Une chemise de soie blanche faisait ressortir ses traits arrogants.

Son visage sombre était sévère et désapprobateur. Il fixait Tara, la soupçonnant visiblement d'avoir trop bu, elle aussi. La jeune fille baissa humblement les paupières. Philip se tourna alors vers son frère.

— J'espère que tu ne comptes pas conduire dans cet état.

Clifford fronça les sourcils.

— Pourquoi ?

— Je pensais que c'était évident, dit sèchement Philip.

— Et toi... je suppose que tu es parfaitement sobre ?

Le beau visage de Clifford était empourpré. Manifestement, il était blessé par l'attitude de Philip.

Celui-ci ne répondit pas tout de suite. Il fit d'abord asseoir sa compagne dans la voiture. Quand il se retourna vers son frère, Tara reconnut immédiatement cette lueur froide et impénétrable dans son regard. Elle se mordit les lèvres.

— Si tu veux risquer ta vie, libre à toi ! Mais tu pourrais au moins songer à Tara !

Surprise, cette dernière le dévisagea : il avait raison, mais elle ne pouvait le laisser ainsi humilier Clifford.

— Philip, je..., commença-t-elle.

Mais Clifford l'interrompit.

— Je prendrai soin de Tara, ne t'inquiète pas, dit-il sèchement. Occupe-toi donc d'Ellie et laisse-moi ma fiancée.

Elwyn Owen-Bragg tourna sa tête blonde vers Clifford. Elle lui adressa un petit sourire pincé qui n'adoucit pas ses yeux bleus au regard dur.

— Pas Ellie, Clifford, je t'en prie. Tu sais que je n'aime pas ce surnom.

Sa voix, un peu rauque, déplut à Tara.

Clifford rit ouvertement. Il ne cherchait pas à cacher qu'il n'aimait guère l'amie de son frère.

— Toutes mes excuses, Elwyn, très chère !

Il s'inclina très bas, d'un geste moqueur. En se redressant il heurta le rétroviseur extérieur de la voiture garée à côté de la sienne.

— Ouille ! fit-il. Quelle maladresse !

— Pour l'amour du ciel, Clifford, prenez un taxi pour rentrer, le pressa Philip. Ou alors laisse-moi au moins vous raccompagner tous les deux. Tu n'es pas en état de conduire.

— Bien sûr que si !

Le bras de Clifford se resserra autour des épaules de Tara. Il lui adressa un sourire charmeur.

— Tu me fais confiance, n'est-ce pas, chérie ?

Tara ouvrit la bouche, prête à avouer qu'elle n'était guère rassurée, mais Clifford la fit taire d'un baiser.

— Là, tu vois, dit-il à son frère. Tara n'a pas peur. Elle sait, elle, que je ne suis pas vraiment ivre.

— Non, mais tu es suffisamment éméché pour être dangereux au volant. Et si Tara est dans le même état, il est normal qu'elle ne puisse pas le réaliser.

— Je ne suis pas ivre, se défendit la jeune fille.

Un instant, elle se demanda si elle n'avait pas rêvé cette lueur d'amusement qui sembla éclairer brusquement le regard sombre de Philip.

— En tout cas, vous avez assez bu pour être téméraire, insista-t-il. Bon sang, Tara, essayez de le décourager de conduire dans cet état.

Elle se sentit blessée par la note d'impatience que contenait la voix grave de Philip.

— Je ne vois pas pourquoi ! le défia-t-elle.

Il la fixa sans répondre, réfléchissant à la décision à prendre.

Même furieux comme il l'était en ce moment, il agissait de façon alarmante sur les sens bouleversés de

Tara. Elle ne supportait pas l'idée qu'il raccompagne Elwyn Owen-Bragg, elle devait bien l'admettre.

Enfin, il secoua la tête avec lenteur.

— Vous n'êtes qu'une petite sotte ! déclara-t-il d'une voix tranchante.

Sans ajouter un mot, il se détourna et prit place au côté de sa passagère. Tara s'aperçut que personne n'avait songé à les présenter l'une à l'autre.

— Inutile de me suivre pour me surveiller ! cria Clifford.

Philip mit le contact et démarra. Considérant le départ de son frère comme une victoire tactique, Clifford poursuivit :

— Et nous allons prendre le chemin des écoliers ! Tu seras, bien au chaud, dans ton lit, avant que nous ne rentrions...

Philip, cette fois encore, ne répondit pas. Mais son visage se fit menaçant. Tara sentit un frisson d'appréhension la parcourir. De nouveau, les yeux noirs étincelants de Philip se posèrent sur elle. Enfin il appuya sur l'accélérateur et dirigea sa voiture vers la sortie du parking.

Clifford lui fit un petit geste d'adieu moqueur. Il riait encore quand il se retourna vers la jeune fille. Visiblement, il était très content de lui. Tara aurait aimé partager sa joie, mais cette rencontre avec Philip avait définitivement gâché son plaisir.

Clifford l'aida à s'installer dans la voiture en s'inclinant avec une courtoisie excessive. Elle le regarda, légèrement inquiète, tandis qu'il refermait la portière. Philip avait raison, si le jeune homme n'était pas ivre, il était au moins dangereusement éméché. Mais il était trop tard à présent pour réagir.

La nuit était très belle, et Tara retrouva peu à peu son calme. Malgré tout, de temps en temps, elle avait l'impression que son cœur s'arrêtait de battre, lorsque Clifford prenait un virage un peu trop rapidement.

Il était exalté par sa victoire contre son frère; il tournait trop souvent la tête vers la jeune fille, se contentant de rire lorsqu'elle essayait de l'en dissuader.

La lune était pleine; sa lumière argentée éclairait le paysage de collines et lui donnait une douceur et une beauté inhabituelle.

— Tout est si... parfait, murmura Tara.

Sa voix avait un accent vaguement mélancolique. Ce paysage la rendait toujours triste.

— Comme toi, répliqua vivement Clifford. Mais pourquoi ce ton, chérie? Tu ne regrettes pas de m'avoir laissé te reconduire à la maison?

— Non, fit Tara avec un sourire. Pas encore!

— Tu es cruelle! se plaignit Clifford.

Il posa sur elle ses yeux bleus.

— J'ai bien envie de nous précipiter tous les deux dans le vide!

— C'est ce qui va se passer, que tu le veuilles ou non, si tu continues à ne pas t'occuper de la route! J'aimerais que tu cesses de me regarder sans arrêt!

— Mais je ne peux pas m'en empêcher.

Dans l'ombre, les dents blanches du jeune homme étincelaient.

— Tu es si belle dans le clair de lune.

— Je le serai beaucoup moins, après une chute au fond du précipice. Je t'en prie, Cliff! Ralentis! Il y a une voiture devant nous et tu n'as pas la place de doubler.

Clifford sourit.

— C'est Philip!

Ils s'étaient rapprochés du véhicule qui les précédait et Tara reconnut, en effet, le bolide noir de Philip. Les phares de Clifford éclairèrent un instant sa tête brune.

— Il a dû déposer Ellie, et le voilà qui rentre !...
Nous lui offrons un petit spectacle ?

— Non, Cliff !

Tara était soudain glacée. Elle ne pouvait supporter
l'idée de doubler cette voiture familière. Elle eut la
vision fugitive des fortes mains hâlées posées sur le
volant. Elle ferma les yeux pour essayer de chasser
cette image.

Mais Clifford n'était pas d'humeur à écouter la voix
de la raison. Il voulait cette victoire supplémentaire sur
son frère. Il enfonça la pédale d'accélération.

— Allons, place, frérot ! cria-t-il. J'arrive !

La voiture de Philip semblait se rapprocher à une
vitesse folle. Tara porta une main à sa bouche.

— Non, Cliff !

Philip dut avoir le sentiment d'un danger quelconque, car il tourna rapidement la tête. Il leur fit signe de
ralentir.

— Pas question ! hurla Clifford.

Il donna un brusque coup de volant pour déboîter,
frôlant la décapotable de Philip.

— A l'assaut !

Ils approchaient d'un virage. Clifford écrasa le frein
et tenta désespérément de garder le contrôle de son
véhicule.

Tara eut l'impression que tout basculait autour
d'elle. Elle fut arrachée de son siège. Quelqu'un cria, et
elle se dit vaguement que ce devait être elle. Le froid de
la nuit l'enveloppa puis elle plongea dans un grand trou
noir...

Environ une heure plus tard, Tara rouvrit les yeux.
Elle eut la vision fugitive d'une silhouette blanche et
d'un visage souriant.

— Ah, enfin ! Vous revoilà parmi nous !

Elle essaya de sourire à la femme qui se penchait sur

elle. Elle réfléchissait, mais son cerveau refusait de fonctionner. Comment était-elle arrivée là ? Brusquement le voile se déchira : la mémoire lui revint.

— Philip ! Est-il... murmura-t-elle avec anxiété.

— Allons, allons ! fit la voix rassurante. Ne vous tourmentez pas ainsi...

— Pourtant, insista Tara, je... je veux savoir...

Elle essaya de s'asseoir, mais tout se mit à tourner. Des centaines de petits marteaux cognaient à l'intérieur de son crâne. Elle s'allongea de nouveau.

— Vous feriez mieux de rester tranquille, reprit la voix. Philip ? Est-ce le jeune homme qui vous accompagnait ?

— Philip ?

L'esprit de Tara était encore un peu confus. Elle dévisagea son interlocutrice. Pourquoi avait-elle parlé de Philip ? Elle aurait dû s'inquiéter plutôt de Clifford. Mais elle ne pouvait oublier qu'au moment de l'accident c'était Philip qui s'était trouvé au bord du précipice. Et si, dans l'effroyable chaos, sa voiture avait quitté la route ?... Tara ferma les yeux pour essayer d'échapper à cette vision de cauchemar.

— Philip, est-ce votre fiancé ? insista gentiment la femme en blanc.

Tara la regarda un moment, sans comprendre tout à fait.

— Oui..., enfin non.

Elle porta une main à sa tête douloureuse et découvrit des bandages. Surprise, elle interrogea du regard le médecin qui l'observait.

— Je... que... pourquoi ai-je la tête bandée ? demanda-t-elle enfin, vaguement effrayée.

— Vous avez reçu un choc assez violent sur le crâne. Mais ne vous inquiétez pas. Vous irez mieux après un peu de repos. Nous vous ferons passer une radio pour être tranquille, bien sûr, mais vous ne devez pas vous faire de souci.

— Mais...

Tara ne parvenait pas à se concentrer.

— D'autres... personnes ont-elles été blessées en même temps que moi ?

Le médecin sourit.

— Juste une. Un jeune homme ; et il ne paraît pas se porter trop mal, autant que l'on puisse en juger au premier coup d'œil. Devrait-il y avoir quelqu'un d'autre ?

— Non, je.. je ne sais pas.

Tara aurait aimé pouvoir se lever pour obtenir des nouvelles. Elle ne parvenait pas à chasser l'image de Philip, si près du précipice.

— A votre place, j'essaierais de ne pas me tourmenter. Votre jeune ami est en bien meilleur état que vous. Vous feriez mieux de vous reposer !

— Mais je dois savoir, insista Tara. Etes-vous sûr que personne d'autre n'a été blessé ?

— Oui, certaine. A part ce jeune homme, très ennuyé, qui se trouve en ce moment avec l'un de mes collègues.

— Je vois.

Tara était rassurée sur le sort de Clifford mais la vision du visage pâle de Philip ne la quittait pas.

— Voulez-vous que j'aille prendre des nouvelles de votre ami ?

Tara leva sur le médecin des yeux suppliants.

— Oui, je vous en prie !

Elle détourna la tête et enfouit son visage dans l'oreiller. Des larmes incontrôlables se mirent à couler sur ses joues.

Elle sentit une main douce et apaisante sur ses cheveux, puis elle se retrouva seule.

Elle pleurait sans pouvoir s'arrêter. Un long moment

82

s'écoula ; enfin elle entendit s'ouvrir les rideaux qui isolaient son lit. Elle tourna la tête. Incrédule, elle dévisagea l'homme qui se tenait devant elle.

— On m'a autorisé à vous voir pendant quelques minutes, dit Philip de sa voix douce et profonde.

Il hésitait à s'approcher davantage du lit de la jeune fille.

Tara avala avec difficulté. Elle éclata de nouveau en sanglots devant ce visage familier. Certes Philip était un peu plus pâle que d'habitude mais il ne paraissait pas blessé.

— Philip ! Oh, Philip ! Je... je pensais...

Elle ne put en dire plus tant était grand son soulagement. Instinctivement, elle tendit les bras vers lui. Il s'approcha et prit ses mains dans les siennes. Il les serra doucement dans un geste de réconfort.

Tara sanglotait toujours convulsivement. Mais c'était de soulagement à présent. Et, cela, Philip ne pouvait le deviner.

— Allons, allons ! Calmez-vous, maintenant ! Personne n'est gravement blessé...

Sa main droite caressait doucement les cheveux de Tara. Ce mouvement lent apaisait la jeune fille.

— Pauvre petite fille ! murmura-t-il. Allons, le pire est passé, chut Tara ! Tout va bien... tout va bien !

Mais Tara ne désirait plus qu'une chose, le réconfort des bras de Philip autour d'elle. Elle se remit à pleurer de plus belle.

— Je... je... voudrais...

— Tara ! il ne faut pas vous mettre dans cet état.

Philip s'assit au bord du lit, la souleva doucement et la serra contre lui.

— Ne pleurez plus, Tara, je vous en prie, vous allez vous faire du mal...

Il se pencha et posa tendrement ses lèvres sur la joue baignée de larmes.

— C'est fini, ma douce.

Peu à peu, ses sanglots se calmèrent. Elle poussa un profond soupir. Relevant le visage elle contempla Philip. Il avait des cernes sombres sous les yeux, et de fines rides entouraient sa bouche. Il sourit légèrement. Le cœur de Tara fit un bond dans sa poitrine. Une douce chaleur l'envahit.

— Je... je pensais que vous étiez tombé dans le ravin...

Elle reconnut à peine sa propre voix tremblante et voilée.

Le sourire de Philip s'élargit. Une lueur chaude s'alluma dans son regard.

— Je suis désolé de vous décevoir, dit-il d'un ton railleur. Est-ce pour cela que vous pleurez ? Parce que je ne me suis pas écrasé au fond de la vallée ?

— Oh ! Philip !

Tara le regarda avec reproche.

Philip secoua lentement la tête. Il caressa le visage de la jeune fille avec tendresse.

— Je suis désolé, Tara...

— Clifford est-il gravement blessé ?

Son inquiétude était réelle bien qu'un peu tardive.

Aussitôt, Philip fronça les sourcils d'un air réprobateur. Il serra les lèvres.

— Non, il va beaucoup mieux qu'il ne le mérite ! Il méritait de se rompre le cou...

— Oh, non !

Philip l'observa un instant, les yeux brillants de colère. Puis il sourit de nouveau et la reposa doucement sur l'oreiller.

— Peut-être pas, admit-il. Mais il recueille beaucoup moins d'indulgence de la part du policier qui l'interroge en ce moment.

— Un policier ? répéta Tara, les yeux écarquillés de stupeur.

Sa tête était douloureuse, et elle avait du mal à se concentrer. Cependant elle comprenait aisément que la situation était sérieuse.

— Bien sûr !

Il lui jeta un coup d'œil intrigué.

— Vous ne pensiez tout de même pas qu'un accident de ce genre puisse être classé si facilement !

— Je... je n'y ai jamais réfléchi.

Prise de soupçon, elle le dévisagea.

— Est-ce vous qui les avez appelés ?

Philip parut blessé qu'elle doute ainsi de lui.

— Non, Tara. Je n'ai pas eu à le faire. Une voiture arrivait en sens inverse. C'est pourquoi je voulais empêcher Clifford de me doubler. Je savais qu'il ne pouvait pas la voir.

Tara entrevit un désastre encore plus grand que celui qu'elle avait imaginé jusque-là. Anxieuse elle interrogea Philip.

— Y a-t-il des blessés dans l'autre voiture ?

— Non, non, heureusement.

Il sourit soudain et posa une main sur le front bandé de la jeune fille.

— C'est vous qui avez le plus souffert, pauvre petite Tara ! J'en suis navré.

Tara ferma les yeux. Comme d'habitude la voix sensuelle de Philip la troublait. Soudain quelque chose lui revint à l'esprit et elle rouvrit les paupières.

— Il... le médecin a dit qu'on allait me faire passer une radio.

Elle avait terriblement besoin d'être rassurée.

— Cela veut-il dire que...

— Seulement ceci : les médecins veulent être sûrs que votre pauvre tête souffre uniquement d'un choc. C'est une précaution, voilà tout !

Il lui parlait comme à une enfant qui aurait besoin de

consolation. Tara ne savait pas si elle devait s'en réjouir. En tout cas, elle n'avait plus peur.

Les doigts de Philip se resserrèrent autour des siens.

— Il se peut que l'on vous garde ici pour la nuit, dit-il enfin.

Il parlait avec une désinvolture voulue.

Les yeux de Tara s'agrandirent de crainte.

— Mais... je ne peux pas passer la nuit ici, Philip ! C'est absurde ! Je ne suis pas gravement blessée, je vais tout à fait bien !

Il y avait une note de panique dans sa voix. Philip s'en aperçut. Sa main pressa la sienne d'une manière rassurante.

— Allons ! Vous allez vous conduire comme une petite fille raisonnable. Vous resterez ici s'il le faut.

Son ton n'admettait aucune discussion.

— S'ils vous laissent partir, ajouta-t-il, je vous ramènerai à la maison avec moi. Mais il est plus probable qu'ils vous gardent au moins pour la nuit.

Cette perspective lui fit l'effet d'un coup de massue. Elle s'apprêta à protester. Mais soudain, elle se sentit incroyablement somnolente. Ses paupières se fermaient malgré elle. Elle ne voyait plus Philip qu'à travers l'ombre de ses longs cils baissés.

— Je... je resterai... s'il le faut, parvint-elle à articuler.

Philip se pencha sur elle. Il l'embrassa tendrement sur les lèvres. Un instant il s'appuya contre elle. Tara frémit.

— Bonne petite fille !

Tara aurait aimé lui dire qu'elle ne voulait pas qu'il la traite comme une enfant mais le sommeil la gagnait. Elle ne pouvait plus parler. Elle parvint quand même à ébaucher un petit sourire. Sa bouche prit une inflexion tendre. Elle ferma les yeux. Sa main serrait encore celle de Philip. Elle s'endormit.

6

— J'ai eu de la chance de m'en sortir aussi bien, lui confia Clifford le lendemain.

Tara porta une main à sa propre tête bandée. Elle lui adressa une petite grimace.

— Comment as-tu fait? J'avoue que je ne comprends pas bien ce qui s'est passé.

— Philip ne te l'a-t-il pas expliqué hier soir?

Quelque chose dans sa voix avertit Tara qu'il était blessé de n'avoir pas eu l'autorisation de la voir après l'accident.

— Il ne m'a rien dit du tout. En fait je n'étais pas en état de l'écouter. Tout ce qui m'importait c'était que toi et Philip vous soyez sains et saufs.

— Philip?

Il fronça les sourcils d'un air surpris.

— Pourquoi n'aurait-il pas été sain et sauf? Il n'a pas eu d'accident, que je sache!

— Pas grâce à toi, en tout cas, rétorqua Tara sans prendre le temps de réfléchir.

Clifford enfouit son visage dans ses mains et Tara comprit qu'elle l'avait blessé.

Il était assis sur le lit de la jeune fille dans la petite chambre particulière où elle avait été transportée. Tara avait cru comprendre que c'était Philip qui avait insisté pour qu'elle ait une chambre pour elle toute seule.

Elle trouvait cela un peu inutile pour une seule nuit. Mais elle s'aperçut bien vite qu'elle se trompait sur la durée de son séjour à l'hôpital. Ce matin, le médecin qui l'avait examinée avait décidé qu'elle devrait rester en observation deux ou trois jours.

Il n'aurait servi à rien de protester : d'après une infirmière, Philip avait demandé qu'on ne lui laisse pas quitter l'hôpital avant son total rétablissement.

Même ici, Philip, semblait-il, avait une certaine influence.

— Je suis désolée, Cliff, dit-elle, en cherchant la main du jeune homme. Je me sens un peu énervée, c'est tout.

Il eut l'air navré.

— Je sais, chérie. C'est ma faute.

Tara se contenta de répondre par une petite grimace. Elle se sentait incapable de protester, mais elle ne voulait pas non plus l'accabler davantage. Philip s'en était certainement déjà chargé.

— Pourquoi ne me racontes-tu pas plutôt ce qui s'est passé hier soir ? J'ai encore un peu mal à la tête mais j'essaierai de ne pas m'endormir de nouveau.

Clifford la regarda et sourit. Une large bande de sparadrap sur un œil le faisait ressembler à un pirate. Il était plus séduisant que jamais... La lueur d'intérêt que Tara avait surprise dans les yeux d'une jeune infirmière ne faisait que le confirmer.

Clifford porta une des mains de Tara à ses lèvres avant de répondre.

— Une voiture arrivait en face, commença-t-il, c'est pourquoi Philip nous faisait signe.

— Je me souviens, à présent. Il m'en a parlé...

Clifford n'osait pas la regarder.

— Je me sens terriblement coupable quand je te vois dans ce lit, avoua-t-il. Et j'aimerais pouvoir faire quelque chose pour ta pauvre tête.

Il se tut un instant avant de reprendre :

— Philip voulait me défoncer le crâne pour que je sache ce que cela fait. Je dois dire que j'ai décliné son offre.

— Je l'espère bien ! s'exclama Tara.

Elle chercha cependant à dissimuler de son mieux la satisfaction que lui causait la violente réaction de Philip.

— Après cela, plaisanta-t-elle, les Hautain ne pourront plus dire que c'est toi le sauvage de la famille.

De nouveau Clifford sourit un peu tristement.

— En tout cas, Philip est furieux. Il n'a même pas voulu me conduire ici ce matin. J'ai pris un taxi.

— Ta voiture est-elle très abîmée ?

Il acquiesça.

— Pas mal. Il faudra un certain temps pour la réparer. Et je soupçonne mon frère d'avoir demandé au garagiste de la garder le plus longtemps possible !

— Pauvre Cliff !

Il serra ses doigts puis il inclina la tête et posa son visage blessé contre la paume de la jeune fille.

— Je ne mérite pas ta compassion, dit-il, mais je t'en suis reconnaissant tout de même.

Il semblait chercher ses mots pour poursuivre.

— Je n'aurais jamais dû doubler dans ce virage. Philip a mille fois raison. De toute façon, j'étais incapable de conduire. J'avais vraiment trop bu.

— Nous étions tous les deux un peu « gais », le consola Tara.

Mais il avait décidé d'endosser tous les torts.

— Nous nous en sommes sortis par miracle ! insista-t-il. Quelle déveine que tu aies été éjectée. J'aurais préféré que ce soit moi.

De nouveau, il lui embrassa les doigts avec ferveur.

— Je suis sincère, chérie...

— Oh, Cliff, non !

Elle lui caressa tendrement le visage.

— Quel bien cela aurait-il fait ?

Clifford rit un peu amèrement.

— Eh bien, au moins, Philip aurait été satisfait ! Je t'assure que pour le moment je ne suis guère apprécié. Même cette femme médecin, hier soir, a préféré que Phiilip vienne te voir, plutôt que moi.

— Cliff, ce n'est pas vrai ?

— Mais si, c'est la vérité. Elle m'a aperçu en compagnie de ce policier qui m'interrogeait. Elle en a conclu que je n'étais pas un type recommandable. Voilà tout !

Tara se mordit les lèvres. Elle se souvint d'avoir entendu mentionner ce personnage peu compréhensif.

— Philip m'en a parlé, oui !

— Tu ne sais pas tout. On m'a même obligé à souffler dans un ballon et naturellement le résultat a été positif.

La situation était encore pire qu'elle ne l'avait craint.

— Oh, Cliff, ce n'est pas possible !

— Hélas si ! On va certainement me retirer mon permis pour un bon bout de temps.

— Comme je voudrais que nous ne soyons pas sortis hier soir ! s'exclama Tara, désolée.

— Il ne faut pas te rendre malade à cause de cela, ma chérie, fit Clifford d'un ton résigné. Après tout, comme le dit Philip, je l'ai bien cherché.

Philip ! En se rappelant le réconfort de ses bras vigoureux et tendres, Tara se sentit un peu gênée.

— Que le diable emporte Philip ! lança-t-elle. J'aimerais que la même chose lui arrive et qu'il abîme la tête de sa petite amie !

— Cela te ferait vraiment plaisir, ma chérie ? demanda Clifford, un peu surpris, malgré tout, par la véhémence de la jeune fille.

Il se pencha et l'embrassa tendrement sur les lèvres.

— Mais je suis sûr, ajouta-t-il gentiment, qu'Ellie ne serait pas aussi ravissante que toi avec un bandage sur le front.

Tara aurait aimé pouvoir oublier la trop belle Elwyn Owen-Bragg, assise à côté de Philip dans la décapotable noire.

— Elle n'est pas vraiment jolie, n'est-ce pas ? s'inquiéta-t-elle.

— Non, elle est plutôt du genre sophistiqué. Tout à fait ce qu'aime Philip.

— Je ne sais pas quelle sorte de femme plaît à Philip, fit Tara un peu sèchement. Mais si les contraires s'attirent il devrait préférer des femmes plus douces et plus féminines.

Clifford observa la jeune fille. Ses yeux bleus étaient attentifs. Enfin, il s'inclina et embrassa la main qu'il tenait entre les siennes.

— Quelqu'un comme toi, ma chérie ? demanda-t-il en riant.

— Oh, Cliff !...

Après trois nuits et presque trois jours passés à l'hôpital, Tara avait hâte de s'en aller. Ce matin-là, le médecin lui donna l'autorisation de rentrer à Fairwinds. Elle téléphona aussitôt pour que Clifford vienne la chercher et lui apporte des vêtements.

Une infirmière arriva pour voir si elle était prête. Tout en l'aidant à monter la fermeture éclair de sa robe, elle bavardait.

— Vous avez de la chance, dit-elle, tous ces beaux jeunes gens qui vous tournent autour... C'est un nouveau qui vient vous chercher.

— Un nouveau ?

Tara la regarda, intriguée. Soudain elle comprit. Son cœur se mit à battre avec violence. Ainsi c'était Philip qui la ramenait à la maison et non Clifford...

— Il ne s'agit pas de M. Clifford Hautain?

L'infirmière fit un signe vague.

— En tout cas, ce n'est pas le jeune homme habituel. Celui-ci est un peu plus âgé mais tout aussi séduisant.

Tara se sentait nerveuse et timide à l'idée de revoir Philip. C'était stupide, mais elle n'y pouvait rien. Il l'attendait dans le couloir. Il prit sa valise des mains de l'infirmière et la fixa de ses yeux noirs impénétrables.

— Nous y allons? demanda-t-il de sa voix calme.

Tara ne trouvait rien à dire tandis qu'ils se hâtaient vers la sortie.

Soudain, il se tourna vers elle.

— Comment vous sentez-vous?

Tara lui sourit.

— Pas trop mal, merci, Philip.

Dehors, le soleil était chaud et brillant. Comme c'était bon de se retrouver à l'air libre de nouveau!

Philip ne semblait pas d'humeur très communicative. Cela ne lui ressemblait guère. Peut-être était-il ennuyé d'avoir eu à se déplacer...

— C'est... c'est gentil de vous être dérangé, glissa-t-elle.

Il prit son bras pour la guider vers le parking où il avait laissé sa voiture. Elle se troubla. Décidément, rien n'avait changé. Il avait toujours cet effet dévastateur sur elle.

Il sourit tout en lui ouvrant la portière de la décapotable.

— J'étais déjà en ville, expliqua-t-il.

— Oh, je vois! Je me demandais pourquoi Clifford n'était pas venu.

— Il n'a pas tellement apprécié d'avoir à rester à la maison, avoua-t-il. Mais de temps en temps, il m'écoute quand je dis quelque chose. Et je ne voyais aucune raison pour qu'il vienne aussi.

Tara se demandait s'il disait la vérité en affirmant qu'il était déjà en ville.

— Vous avez aussi des affaires à Midlipp ? s'enquit-elle.

Philip referma la portière, puis il fit le tour de la voiture et s'installa à sa place avant de répondre.

— Oui, j'ai quelquefois du travail ici, répondit-il enfin. Vous pensiez que j'étais venu exprès pour vous ?

Il lui lança un regard étrange.

Tara haussa les épaules mal à l'aise.

— Je ne sais pas, murmura-t-elle.

— Nous avons un petit bureau dans cette ville, et il m'arrive de venir y jeter un coup d'œil, l'informa-t-il. Je n'ai fait que vous prendre sur le chemin du retour.

— Merci !

Cette réponse contrainte sembla éveiller la curiosité de Philip.

— Déçue ? demanda-t-il.

Il s'engagea prudemment dans la circulation.

— Non, certainement pas !

Elle lui jeta un coup d'œil à la dérobée et s'aperçut qu'il souriait.

— Je suppose que j'aurais dû autoriser Clifford à m'accompagner, dit-il. Mais j'ai pensé que vous n'aimeriez peut-être pas vous retrouver dans une voiture avec lui, si tôt après l'accident.

— Vous vous êtes trompé. Je me sentirais parfaitement en confiance avec Clifford. Même s'il était au volant !

Il eut un rire un peu sec.

— Vous êtes très loyale… Je suis obligé de le reconnaître.

Il lui jeta un coup d'œil très expressif.

— Et en plus vous êtes assez folle pour le penser !

— Mais bien sûr !

Pourquoi se montrait-il si dur alors qu'elle se rappelait combien il avait été tendre et rassurant après l'accident ?

Elle était tellement plongée dans ses pensées qu'elle sursauta lorsque Philip reprit la parole.

— Vous n'aurez guère l'occasion de le prouver. Du moins pas tout de suite. Sa voiture ne sera pas réparée avant longtemps, et il risque fort de se voir privé de permis pendant quelque temps.

Tara le regarda, un reproche au fond des yeux.

— Vous parlez comme si vous souhaitiez que cela lui arrive. Après tout, n'importe qui aurait pu avoir un accident dans ces circonstances ! Même vous ! ajouta-t-elle avec une certaine agressivité.

— Oh, non ! Pas moi. Je n'aime pas risquer bêtement ma vie. A plus forte raison celle de la femme dont je prétendrais être amoureux.

— Je suis sûre que Mlle Owen-Bragg serait ravie de vous entendre, rétorqua-t-elle, étourdiment.

Elle retint son souffle dans l'attente de l'orage que sa réflexion risquait de provoquer. Mais Philip ne se départit pas de son calme. Sa bouche prit un pli railleur.

— Vous me paraissez bien informée de ma vie privée... Du moins telle que Clifford l'imagine.

Tara le sentait terriblement tendu. Il luttait pour maîtriser sa colère. Sur le volant, ses doigts se crispaient si fort que les jointures blanchissaient.

— Je suis désolée, commença-t-elle, je...

— Car je suppose que c'est Clifford qui vous a renseignée, poursuivit-il, ignorant son intervention. Je vois mal ma grand-mère dans ce rôle. Et je ne pense pas que vous vous abaissiez à discuter de ce genre de choses avec les domestiques.

— Philip !

— Vous a-t-il également signalé que c'était Mlle Owen-Bragg qui m'accompagnait, le soir de votre accident ?

— Non, il ne me l'a pas dit. Je l'ai deviné.

Tara s'enfonça plus profondément dans son siège.

— Parce que Clifford vous avait déjà parlé d'elle !

Sans attendre sa réponse, il poursuivit :

— Il cancane comme une vieille femme, et vous l'écoutez !

Sa voix était coupante et froide. Tara eut soudain envie de pleurer. Sa tête recommençait à lui faire mal. Elle avait une sorte de vertige. Elle porta une main à son front douloureux.

Philip dut surprendre son geste. Il ralentit et se dirigea doucement vers le bas-côté de la route, où il s'arrêta et coupa le contact. Il la regarda avec anxiété.

— Tara, vous vous sentez bien ?

Elle se mordit les lèvres, luttant pour retenir ses larmes.

— Oui, je... je vais bien, dit-elle d'une voix rauque. J'ai juste un peu mal à la tête.

— Vous êtes toute pâle !

Il posa une main sur le front brûlant de la jeune fille. Ce mouvement les rapprocha l'un de l'autre.

— Et moi qui m'emporte contre vous !

— Oui, acquiesça Tara, mais je suppose que je l'ai un peu cherché.

— Vous croyez ?

A la surprise de Tara, il se mit brusquement à rire. Elle le fixait, ses grands yeux immenses dans son petit visage pâli.

— Je suis désolé, s'excusa-t-il aussitôt.

Son regard sombre était plein de chaleur et de tendresse.

Les doigts de Philip repoussèrent tendrement les mèches folles qui retombaient sur le front de Tara. Enfin, ils glissèrent sensuellement vers la douceur de son cou. Il lui prit le menton et lui sourit. Sortant un mouchoir de sa poche il commença à essuyer les larmes qui inondaient ses joues.

— Vous n'êtes pas encore complètement remise. Vous auriez mieux fait de rester à l'hôpital. Vous avez l'air d'un pathétique petit fantôme. J'aurais dû insister pour qu'ils vous gardent encore un jour ou deux.

— Oh, non ! protesta Tara.

Elle craignait qu'il ne fasse demi-tour et ne la ramène à Midlipp.

— Je n'aime pas les hôpitaux, Philip !

— Mais, petite fille, personne ne les aime, sourit-il. Cela vous aurait fait du bien de vous reposer encore un peu.

— Je serai aussi bien à Fairwinds, insista-t-elle. Je me porte à merveille, de toute façon. Je vous assure.

Philip lui tenait toujours le menton. Son pouce effleurait tendrement sa joue.

— Non, vous n'êtes pas bien, affirma-t-il. Vous tremblez comme une feuille !

Il sourit lentement.

— Et cela n'aurait pas fait de mal à Clifford de s'inquiéter pendant quelques jours encore.

— Philip ! Vous ne pensez pas ce que vous dites !

Cependant, il pouvait parfaitement être sincère, songea-t-elle. Il savait être cruel, parfois.

— A présent, je comprends tout ! s'insurgea-t-elle. Vous êtes... vous êtes...

— Allons ne vous énervez pas ainsi. Vous savez que c'est mauvais pour vous, Tara.

— Comme si cela vous faisait quelque chose !

A présent, elle pleurait de colère.

Il était si près d'elle, qu'elle sentait sa chaleur à travers sa fine robe d'été. Son cœur se mit à battre plus vite. Elle tremblait de la tête aux pieds.

— Pendant ce temps, vous en auriez profité pour convaincre Clifford de renoncer à ses projets !

Philip sourit doucement. D'un doigt, il traçait la ligne du cou de la jeune fille, glissant de son menton à son épaule nue.

— Là, vous devenez stupide !

Il était si calme qu'elle sentit sa colère redoubler.

— Non, je ne suis pas stupide ! cria-t-elle.

Elle s'en voulait de réagir ainsi, mais elle n'y pouvait rien.

— Je voudrais... Ma tête me fait si mal que... Je voudrais...

— Je voudrais... répéta tendrement Philip.

Avant qu'elle ait compris son intention, il la prit dans ses bras et la serra contre lui. Il posa doucement sa joue sur les cheveux de Tara. Sous sa tête, elle sentait les battements sourds et réguliers du cœur de Philip. Elle ferma lentement les yeux.

— Soyez prudente, ma douce, murmura-t-il, sinon nous allons regretter tous les deux que je sois venu vous chercher.

Tara se pelotonna dans ses bras. A travers la fine chemise de soie elle sentait le corps du jeune homme. Elle se cramponnait à lui. Plus rien ne comptait en dehors de ce sentiment de sécurité qu'il lui offrait. Elle releva le visage. L'expression qu'elle surprit dans les yeux de Philip, lui coupa le souffle.

— Philip !

Sa voix était douce et rauque.

Tara comprit trop tard qu'elle avait eu tort de le regarder à cet instant...

La bouche de Philip vint se poser sur la sienne. Ses lèvres étaient exigeantes et possessives. Il la serrait à l'étouffer. Incapable de résister aux sensations qu'il éveillait en elle, Tara le laissa mouler son corps contre le sien. Elle s'abandonna.

Puis soudain, aussi brusquement qu'il l'avait étreinte, il la lâcha. Il recula, reprit sa place au volant ; tandis que la jeune fille luttait pour reprendre ses esprits, il démarra. La bouche encore frémissante de ses baisers, elle le regarda à travers ses longs cils. Elle ne parvenait pas à lui en vouloir de ce qui s'était passé. Elle ne savait même plus s'il lui fallait regretter sa propre réaction passionnée.

— Je crois que je devrais m'excuser, dit-il enfin, après un interminable silence.

Un sourire contraint effleurait sa bouche, son regard restait rivé sur la route, devant lui.

— Ou peut-être est-ce à moi de le faire, suggéra-t-elle, blessée par ce sourire.

— Je doute que Clifford rejette le blâme sur vous... Mais il me fait suffisamment confiance pour ne pas s'attendre à ce que je chasse sur ses terres.

— Ses terres? répéta-t-elle amèrement. Vous parlez de moi comme si je lui appartenais.

— Non, ce n'est pas ce que je voulais dire, répliqua-t-il posément. Mais vous êtes fiancée à Clifford, et il est mon frère.

— Votre jeune frère! le provoqua Tara.

Aussitôt, elle se détesta pour cette réplique. Curieusement, Philip ne se mit pas en colère.

— Vous pouvez faire mal, quand vous le voulez Tara, je ne l'aurais jamais cru, se contenta-t-il de répondre.

Tara était consternée.

— Oh, je ne sais jamais où j'en suis avec vous, Philip! cria-t-elle désespérément. Ma tête me fait horriblement mal, je suis bouleversée et épuisée... Tout ce que je veux c'est rentrer à Fairwinds et...

— Faire vos valises? suggéra-t-il.

Tara le dévisagea un instant, bouche bée.

— C'est... c'est ce que vous voulez? parvint-elle enfin à demander.

Elle ne pouvait y croire. Il savait pourtant que Clifford risquait de la suivre, si elle partait.

— Non ! Et j'espère même que vous n'en ferez rien. Mais vous parliez comme si vous en aviez envie.

— Je... je ne sais plus ce que je veux, avoua-t-elle. Je ne sais plus où j'en suis.

— A cause de moi ? demanda-t-il à mi-voix.

Tara baissa les yeux.

— En partie...

Elle se recula dans son siège le plus loin possible de Philip. Il ne fallait pas qu'elle le touche. Le moindre contact avec lui suffisait à lui faire tout oublier... même Clifford. C'était terriblement effrayant.

— Ce n'est pas juste, Philip !

Il y avait une note presque enfantine dans sa voix et elle s'aperçut que Philip souriait.

— Pauvre petite Tara, fit-il, j'aurais vraiment mieux fait de vous laisser quelques jours encore à l'hôpital, non ?

— Non, non ! De toute façon, vous ne pouviez pas en décider tout seul. Vous n'êtes pas médecin.

— Non, mais je fais partie du Conseil d'Administration de l'hôpital. Cela a aussi son poids...

— Oh, je... je ne savais pas.

Ainsi voilà comment il avait obtenu si facilement qu'elle dispose d'une chambre particulière.

— Il y a beaucoup de choses que vous ignorez de moi !

Tara se demanda pourquoi cette idée semblait tant l'amuser.

— Pourquoi n'avez-vous pas laissé Clifford venir me chercher ? dit-elle, furieuse.

Ils approchaient de Fairwinds.

— Je regrette que vous ne l'ayez pas fait !

— J'aurais aimé pouvoir venir te chercher, lui dit Clifford, le soir même.

Tara fit une petite grimace.

— Moi aussi...

Elle se tut, et Clifford la dévisagea avec curiosité.

— Tu ne te méfies pas encore de Philip, quand même ?

— Pas exactement, mais il m'a traitée comme une gamine de cinq ans. Il prétendait que je n'étais pas en état de rentrer.

Clifford se pencha et l'embrassa tendrement.

— Peut-être a-t-il raison ? Tu es très pâle, ma pauvre chérie.

— Je vais parfaitement bien, protesta Tara. Philip voulait presque me ramener à l'hôpital.

— Vraiment ? demanda Clifford en grimaçant un sourire. En effet, il a dit que cela ne te ferait pas de mal de te reposer encore un peu.

— Il voulait surtout que tu t'inquiètes à mon sujet ! déclara Tara sans le moindre remords.

Apparemment Clifford ne la croyait pas tout à fait.

— Il te l'a dit ?

Elle hocha la tête.

— Il pensait que cela te ferait du bien.

Clifford haussa les épaules, résigné.

— Il n'a pas tort. Je me suis conduit comme un imbécile. Je me sens terriblement coupable envers toi.

— Je t'en prie, Cliff ! Cela aurait pu arriver à n'importe qui.

Elle s'interrompit. Elle ne pouvait pas révéler à Clifford sa conversation avec Philip à ce sujet. L'issue en avait été trop troublante. Tara poussa un profond soupir, cherchant à chasser de son esprit le souvenir du regard de Philip au moment où il l'avait embrassée dans la voiture.

Elle sourit à Clifford, décidée à parler d'autre chose.

100

— As-tu beaucoup peint, pendant mon absence ? demanda-t-elle.

Il eut un air si penaud que Tara le dévisagea, intriguée.

— Eh bien, je n'ai rien fait du tout, avoua-t-il.

— Manque d'inspiration ?

Clifford haussa les épaules.

— Quelque chose comme ça...

— Cliff ?

Elle tendit une main vers lui pour l'obliger à la regarder. Un curieux soupçon l'envahissait.

— Que s'est-il passé exactement, pendant mon séjour à l'hôpital ?

Il déposa un baiser dans la paume offerte de la jeune fille.

— Rien, mais je crois que j'ai enfin compris...

— Compris !

Il acquiesça d'un signe de tête.

— Du moins je pense avoir fait la moitié du chemin. Je me suis décidé à accompagner Philip au bureau, juste pour voir.

— Ah...

Tara se sentit soudain glacée. Ainsi Philip l'avait trompée, il ne lui avait rien dit lorsqu'il l'avait ramenée de Midlipp. Elle l'avait accusé de vouloir profiter de son absence. Mais au fond de son cœur, elle n'avait jamais voulu y croire.

— Chérie, je suis désolé. Je sais ce que tu penses...

Il s'accrochait à la main de Tara comme s'il craignait qu'elle ne parte.

— Mais enfin, tu sais...

— Oui, je sais, acquiesça-t-elle amèrement. Je suis restée absente trois jours, et tu as déjà laissé Philip te convaincre.

Clifford était de plus en plus mal à l'aise. Tara s'impatientait de sa faiblesse.

— Ce n'est pas si grave, ma chérie, dit-il. Tu voulais que je sois artiste, mais... Je suis désolé.

— Pour l'amour du ciel! Il ne s'agit pas de moi! C'est pour toi que je regrette. Tu as tout simplement capitulé. Commme Philip l'avait prévu... Comme il l'avait décidé.

— Mais Philip n'y est pour rien, intervint Clifford.

Tara le regarda, incrédule.

— Non?

— Non, chérie. C'est moi qui ai décidé brusquement d'aller voir sur place ce qu'était une grande entreprise.

— Mais... pourquoi?

Elle refusait encore de croire que Clifford ait pu prendre, seul, cette décision.

Il haussa les épaules.

— Je ne sais pas vraiment. Je crois que je me sentais un peu coupable, après l'accident. Je me suis dit que je ne pouvais te demander de vivre avec les maigres revenus d'un peintre inconnu.

— Je vois...

Tara comprenait enfin.

— Ainsi, Philip a joué sur ta conscience.

— Pas exactement, se défendit Clifford.

Mais la jeune fille était convaincue du contraire.

— Tu... Tu ne lui en parleras pas, n'est-ce pas? supplia-t-il.

— Comment pourrais-je m'en empêcher, Cliff!

— Tout ira bien, ma chérie. Je pourrai encore peindre. Et puis surtout, cela veut dire que je resterai à Fairwinds.

— Ce qui fait aussi partie des plans de Philip, rappela-t-elle.

— Mais j'aime cette vieille maison, tu le sais très bien! Je n'ai pas du tout envie de partir alors que tout est exactement comme autrefois!

— A une différence près : autrefois je n'étais pas là,

dit doucement Tara. Mais peut-être souhaites-tu que je...

Elle leva les yeux sur Clifford, effrayée de la réponse qu'elle lirait peut-être sur son visage.

— Si je partais, alors ce serait vraiment tout à fait comme avant.

— Chérie !

Il lui prit les mains anxieusement. Il la serra contre lui.

— Tu sais que ce n'est pas ce que je désire.

Sa voix était étouffée par les cheveux de la jeune fille.

— Je veux que tu restes ici avec moi !

— Même après notre mariage ?

Il garda le silence un long moment. Tara se refusait à comprendre la véritable raison de cette hésitation.

— Bien sûr, répondit-il enfin.

Sa voix calme ressemblait à celle de Philip.

— Pourquoi pas ?

Oui, songeait Tara, pourquoi pas ? Mais elle ne pouvait envisager de passer le reste de sa vie sous le même toit que Philip.

Les yeux dans le vague, elle répondit calmement :

— Cela ne marcherait pas.

— Tu ne te plais pas ici ?

— Si...

Elle s'arrêta pour chercher ses mots.

— Nous n'arriverons jamais à vivre tous les trois ensemble. Pour ma part, je ne suis pas prête à prendre le risque. Et je ne pense pas que Philip le soit non plus.

— Philip a besoin de moi. Il devra donc s'habituer à l'idée de t'avoir aussi, insista Cliff, têtu. De toute façon, je crois que tu te trompes sur la réaction de Philip, chérie. Je suis certain qu'il sera ravi.

— Cliff... Mais...

Il l'interrompit d'un baiser.

— Plus de mais, ma chérie, tu es injuste avec ce pauvre Philip. Il t'aime beaucoup!

— Oui, commença Tara...

La voix lui manqua, et elle espéra que Clifford ne s'en apercevrait pas.

— Il m'aime beaucoup!

7

Une semaine s'était écoulée depuis que Tara était sortie de l'hôpital.

Clifford continuait à se rendre chaque matin au bureau avec Philip. La jeune fille le voyait beaucoup moins, et il lui manquait. Maintenant qu'il avait abandonné son idée de se consacrer à la peinture, elle avait le sentiment d'avoir perdu tout contact avec lui.

Elle passait beaucoup de temps en compagnie de Mme Hautain. Elle bavardait avec la vieille dame ou s'amusait à faire des bouquets avec les fleurs du jardin. Certes, elle ne s'ennuyait pas : elle avait toujours apprécié le calme ; mais il lui arrivait de se demander si elle faisait bien de rester à Fairwinds, et si Clifford avait encore besoin de sa présence.

Plusieurs fois, déjà, elle avait envisagé de repartir chez elle. Pourtant elle hésitait, car elle aimait Fairwinds. De plus elle s'était prise d'une réelle affection pour la grand-mère de Clifford...

Ce jour-là, elles étaient ensemble, et Mme Hautain observait la jeune fille avec attention. Tara se tourna vers elle et lui sourit, un peu sur ses gardes.

— Vous vous débrouillez bien dans une maison, dit la vieille dame.

Cette déclaration inattendue fit sursauter Tara.

— Ah oui ?

Elle eut un petit rire pour dissimuler son embarras.

— Oui, vous êtes une surprise très agréable, Tara Villiers.

Mme Hautain utilisait toujours le nom de famille de Tara lorsqu'elle s'adressait à elle. Cette habitude agaçait Clifford mais ne dérangeait pas l'intéressée.

— Merci, madame.

— Vous êtes très féminine... C'est une qualité que les hommes apprécient. Mais je suis sûre que vous êtes assez intelligente pour vous en être rendu compte.

Tara secoua la tête, un peu méfiante. Elle se demandait où cette conversation allait l'entraîner.

— Je crois pourtant être une jeune fille assez... ordinaire. Les femmes ne sont-elles pas toutes féminines ?

— Vous savez très bien ce que je veux dire, mon enfant, décréta Mme Hautain avec une certaine impatience. Tout est féminin en vous, vos manières, votre douceur, jusqu'à la façon dont vous arrangez ces fleurs, en ce moment même. Vous n'avez aucune de ces attitudes un peu masculines qu'affectent si volontiers certaines de vos contemporaines.

— Je comprends !

Tara coupa la tige un peu trop longue d'une rose. Elle approcha la fleur de ses narines pour la respirer.

— J'en suis heureuse pour Philip, poursuivit la vieille dame.

— Philip ?

Tara la dévisagea, stupéfaite. Ses doigts se crispaient sur la rose qu'elle tenait encore.

Mme Hautain lui adressa un sourire espiègle.

— Je voulais parler de Clifford, bien sûr, s'excusa-t-elle.

Tara ne répondit rien.

— A quand le mariage ?... insista Mme Hautain.

Tara avait l'impression qu'elle lui posait la question pour la centième fois.

— Nous n'avons pas encore fixé la date.

— Toujours la même réponse !

Tara sourit. Elle voulut être plus précise.

— Peut-être au printemps prochain...

En fait, elle n'avait jamais abordé le problème avec Clifford.

— Au printemps, c'est bien loin. Clifford ne me paraît pas être un amoureux très ardent.

— Madame !

La vieille dame rit un peu malicieusement.

— Je vous choque mon enfant ?

— Pas exactement mais... ma propre grand-mère ne m'a pas habituée à autant de franchise.

— C'est qu'elle n'a pas un stupide petit-fils pour l'impatienter, voilà tout !

— Clifford n'est pas stupide ! riposta Tara.

— Non ?

Mme Hautain la fixa de ses yeux noirs perçants.

— Non, il n'est peut-être pas comme Philip, mais cela ne veut pas dire qu'il est sot ! insista la jeune fille.

La vieille dame ne s'offensa pas de sa réaction. Elle se contenta de rire.

Tara au contraire arborait un visage sérieux. Mme Hautain n'avait pas le droit de se moquer ainsi de Clifford. Après tout, en ce moment même, il se trouvait au bureau avec Philip, selon les souhaits de sa grand-mère et de son frère aîné.

— Il a plus ou moins abandonné son ambition de devenir peintre, non ?

Tara acquiesça à regret.

— Pour l'instant, il semble que oui ! Mais vous n'avez pas le droit de le mépriser pour cette raison. Il ne fait que se soumettre à vos désirs, à vous et à Philip !

— Oui, c'est ce que je souhaitais. Mais je l'avoue,

j'aurais eu plus de respect pour lui s'il n'avait pas cédé. A sa place, Philip nous aurait envoyés au diable.

— Vous êtes injuste ! Pauvre Clifford... Quoi qu'il fasse, il déplaît à tout le monde.

— Il est stupide, répéta Mme Hautain. Il ne voit pas le danger qui le guette.

Intriguée, Tara la regarda.

— Je ne comprends pas...

Mme Hautain l'observa quelques instants en silence puis elle hocha la tête. Elle semblait ravie de ce qu'elle découvrait.

— Vous trouvez Philip séduisant, n'est-ce pas ? demanda-t-elle enfin.

Prise au dépourvu, Tara s'empourpra. Ses doigts se mirent à trembler.

— Philip est en effet très séduisant, admit-elle.

Elle aurait aimé que sa voix soit plus indifférente.

— Vous a-t-il embrassée ?

Tara fronça les sourcils. Elle espérait que son expression découragerait l'indomptable vieille dame.

— Je ne vois pas... commença-t-elle.

La réponse parut satisfaire son interlocutrice.

— Il l'a fait, j'en suis certaine ! J'ai vu la façon dont il regarde votre bouche quand il vous parle.

Tara se sentit bouillir intérieurement.

— Madame, vous n'avez pas le droit de dire cela !

La protestation était faible, et la vieille dame se contenta de la repousser d'un petit geste de la main.

— Pourquoi auriez-vous honte de l'avouer ? Vous reconnaissez vous-même que vous le trouvez séduisant.

— Oui, je l'admets. Mais cela ne veut pas dire que je sois séduite. De plus, je suis fiancée à Clifford, vous semblez l'avoir oublié.

— Comme vous l'oubliez vous aussi, en ce moment ! rétorqua Mme Hautain d'un ton acide... Il n'est pas très pressé de vous épouser, n'est-ce pas ?

— Nous ne sommes pressés ni l'un ni l'autre, corrigea sèchement Tara. De toute façon, je ne vois pas ce que Philip vient faire dans cette conversation... Il devrait donner l'exemple lui-même. Il ne se dépêche guère d'épouser Mlle Owen-Bragg.

Un rire dédaigneux accueillit cette suggestion. La lèvre supérieure de la vieille dame prit un pli méprisant.

— Philip n'épousera jamais une « femme d'occasion » affirma-t-elle.

Elle s'était exprimée en français, et Tara n'était pas sûre d'avoir bien compris ce qu'elle voulait dire. Mais elle était certaine que Elwyn Owen-Bragg n'aurait pas apprécié cette réflexion.

— Philip épousera qui il voudra, rien ne l'arrêtera, affirma Tara.

Le regard de Mme Hautain se mit à pétiller de malice.

— Alors, Clifford ferait bien de se dépêcher !

Tara eut soudain le sentiment que d'étranges rapports se créaient entre elles. Elle se sentait soudain plus proche de la vieille dame.

— Vous êtes féroce ! l'accusa-t-elle.

Mme Hautain sourit ; elle ne semblait pas détester le qualificatif.

— Peut-être, admit-elle.

— Vous ne devriez pas parler ainsi de votre petit-fils devant une... étrangère, insista Tara.

— Mais vous n'êtes pas une étrangère ! Vous ferez bientôt partie de la famille, non ?... Je vous aime bien, Tara Villiers !

Tara lui sourit, rassurée. Ainsi Mme Hautain ne s'était pas offensée de sa familiarité.

— J'en suis heureuse, murmura-t-elle. Je n'ai jamais compris pourquoi Clifford avait peur de vous.

— Bah ! Ce garçon est un insensé, décréta la grand-mère.

— Ce n'est pas vrai ! Seulement il est très différent

de Philip, et je crois que vous le comprenez mal. Il ne vous ressemble pas !

— C'est exact. Il est comme sa mère, un vrai Gallois !

— C'est faux aussi ! protesta Tara encore une fois.

De la main Mme Hautain lui fit signe d'approcher.

— Vous le défendez très loyalement, dit-elle.

— Ne vous y attendiez-vous pas ?

La vieille dame haussa les épaules.

— L'aimez-vous ?

Tara baissa les yeux.

— Bien sûr...

— Non, pas *bien sûr*. Mon petit-fils est un bon parti. Il est aussi riche que beau.

— Madame !

Celle-ci leva une main apaisante.

— Je ne voulais pas vous blesser, mon enfant.

— Je le sais, madame.

Il n'était pas facile de se mettre en colère contre Mme Hautain. Tara aurait aimé changer de sujet, mais il était peu probable que la vieille dame lui en laisse le loisir.

— Vous avez eu des doutes ces derniers temps, n'est-ce pas ? demanda-t-elle.

Tara la fixa, stupéfaite de voir des pensées les plus secrètes ainsi exprimées.

— Oui... Je... Je me demandais si mon départ ennuierait beaucoup Clifford, maintenant qu'il est occupé...

Mme Hautain hocha la tête. Il était visible qu'elle attendait autre chose. Elle souleva le menton de Tara et plongea son regard dans le sien.

— Voulez-vous faire quelque chose pour moi, Tara Villiers ? demanda-t-elle posément.

Tara approuva automatiquement.

— Certainement, madame, si je peux.

— J'aimerais que Philip se marie, dit-elle doucement. Et je voudrais que ce soit avec vous !

Pendant un moment, Tara fut incapable de faire un
geste. Elle resta là, incrédule, à dévisager la vieille
dame. Puis elle sauta vivement sur ses pieds et secoua
lentement la tête.

— Je... je pense que vos paroles dépassent votre
pensée, madame, balbutia-t-elle.

Affolée, elle songeait qu'elle avait dû laisser voir
l'effet dévastateur que Philip avait sur elle. Si
Mme Hautain l'avait remarqué, elle n'était sans doute
pas la seule...

— Je sais parfaitement ce que je dis, riposta fermement Mme Hautain. Je ne suis pas sénile, mon enfant.

— Mais, vous...

Tara essayait de chasser les idées vertigineuses qui
l'agitaient.

— Je dois épouser Clifford, articula-t-elle le plus
résolument possible.

Son interlocutrice fixa sur elle son regard sombre.

— Vraiment ?

Quelque chose dans sa voix inquiéta Tara. Son cœur
se mit à battre plus vite. Mme Hautain avait-elle discuté
de ce sujet avec Philip ?

— Oui... Je... Je suis fiancée à Clifford, répéta-t-elle
d'une voix rauque.

— Mais il ne vous a pas offert de bague ?

Mme Hautain était impitoyable. Tara cacha vivement
sa main gauche.

— Une bague ne signifie pas grand-chose aujour-
d'hui, se défendit-elle. Beaucoup de gens se marient
sans cela. C'est... C'est juste une convention.

— Mais une de celles qu'apprécient les jeunes filles,
je crois.

— Je vous assure, madame, cela n'a aucune importance.

— Philip vous en offrirait une, insista Mme Hautain.

— Je n'épouse pas Philip ! cria Tara, exaspérée. Je vous en prie, madame, n'en parlons plus !

La vieille dame demeura un instant silencieuse.

— Très bien, mon enfant. Mais vous avez tort...

— Seulement à vos yeux, rétorqua Tara.

Elle lui jeta un coup d'œil furtif, guettant sa réaction.

— Philip serait horrifié s'il savait que vous m'avez demandé de l'épouser, reprit-elle.

— Je suis certaine que non !

Tara avait l'impression de rêver. Rien de tout cela ne pouvait être vrai.

Jamais elle n'aurait imaginé que la vieille dame pût avoir de telles idées, et encore moins qu'elle en parlerait. Philip ignorait certainement les projets de sa grand-mère. Tara se souvenait encore de son expression quand il lui avait affirmé qu'il ne voulait pas voler le bien de son frère.

— Vous avez arrangé ces roses avec beaucoup de goût !

Tara sursauta. Perdue dans ses pensées, elle ne s'attendait pas à ce brutal changement de sujet.

Elle saisit le vase de fleurs et le porta sur une petite table basse.

Son cœur battait sourdement, ses mains tremblaient. Pourvu que personne n'ait surpris cette discussion ! Il était déjà suffisamment embarrassant d'avoir à côtoyer Philip, chaque jour. Elle ferma les yeux.

Soudain, elle entendit une voiture. Si seulement cela pouvait être Clifford ! Elle avait tellement besoin de lui, à cet instant. Bien sûr, il n'était pas question de lui révéler la conversation qu'elle venait d'avoir avec sa grand-mère. Il serait furieux. Peut-être même oublierait-il la crainte que celle-ci lui inspirait ?

— Si... si vous voulez m'excuser, madame... bégaya-t-elle.

Elle se précipita vers la porte.

Ce ne fut pas Clifford qu'elle heurta dans le hall, mais Philip. Il mit ses mains sur les épaules de la jeune fille pour amortir le choc. Le cœur de Tara s'affola ; instinctivement, elle avait posé ses paumes sur la poitrine de Philip. Il ne portait pas de veste, et, à travers la fine chemise de soie, la chaleur de son corps la brûla. Elle serra les poings et essaya de s'éloigner de lui.

— Où courez-vous ainsi ? lui demanda-t-il.

Ses yeux noirs souriaient. Tara sentit d'étranges sensations l'envahir.

— Je... Nulle part, chuchota-t-elle, haletante. Excusez-moi !

— Tara, qu'est-ce qui ne va pas ?

Il resserra son étreinte pour l'empêcher de fuir.

— Allons, dites-le moi !

— Rien... Je vous en prie, Philip, lâchez-moi !

Il l'observait, manifestement étonné.

Tara ne voulait pas remarquer la façon dont il fixait sa bouche.

Philip jeta un coup d'œil vers la porte du salon et aperçut sa grand-mère. Il pensa deviner le motif du désarroi de Tara.

— Vous êtes-vous disputée avec ma grand-mère ? demanda-t-il doucement.

— Non... Non, pas exactement.

Elle fit une petite prière silencieuse pour que Mme Hautain se montre discrète sur leur conversation.

Philip grimaça un sourire.

— Puis-je faire quelque chose ?

— Oh, non ! cria désespérément Tara, cherchant à se libérer. Cela n'a rien à voir avec vous, Philip ! Laissez-moi partir !

Il la retint encore un instant. Si elle avait levé les yeux à ce moment, elle aurait vu son regard blessé.

— Très bien, céda-t-il.

Il laissa retomber ses bras et recula d'un pas pour la laisser passer.

— Clifford gare la voiture, il ne va pas tarder. Je pense que vous préférerez pleurer sur son épaule, ajouta-t-il.

Tara le regarda un instant, une lueur suppliante au fond des yeux puis elle tourna les talons et sortit à la recherche du jeune homme.

Arrivée au bas des marches du perron, elle comprit qu'elle ne pouvait pas plus se confier à Clifford qu'à Philip. Elle se sentit soudain terriblement solitaire et vulnérable.

— Que signifie « femme d'occasion » ?

Elle posa cette question à Clifford dans la soirée. Elle était encore troublée par sa conversation avec Mme Hautain.

Clifford fronça les sourcils.

— Pourquoi diable veux-tu savoir cela ? demanda-t-il.

— Ce n'est pas... convenable ?

Il se mit à rire, mais il était visiblement intrigué.

— Je n'en sais rien. En tout cas, ce n'est guère aimable.

— Je l'avais deviné, rétorqua-t-elle. Mais qu'est-ce que cela veut dire ?

Après une hésitation, Clifford traduisit l'expression.

— A présent, ajouta-t-il, qui l'a employée devant toi, ma chérie ?

Tara le regarda quelques secondes avant d'avouer :

— Ta grand-mère...

Manifestement, il avait du mal à la croire. Une ride apparut sur son front.

— Au nom du ciel, Tara ! Mais de qui parlait-elle ? Pas de toi, j'espère ?

— Bien sûr que non ! fit Tara. Je n'en suis pas une n'est-ce pas ?

— Non... Non... Mais alors, qui... ?

— Elwyn Owen-Bragg...

Il hocha la tête en signe de compréhension.

— Je vois. Je sais que Grand-Mère n'approuve pas la vie que mène Ellie. Elle est de la vieille école.

— Je pense que, dans une certaine mesure, je le suis aussi, fit Tara. Je n'aime pas du tout cette idée de se rendre à l'autel en songeant à une possibilité de divorce !

Clifford fit une petite grimace.

— Tu es un peu... puritaine, chérie. Je ne m'en étais jamais douté.

— Mais non ! se défendit Tara... Et toi, serais-tu du même bord qu'Elwyn ?

Elle craignait un peu la réponse du jeune homme.

— Cliff ?...

— Pas tant que cela, plaisanta-t-il.

Il s'apprêtait à l'embrasser, mais elle le repoussa.

— Tu... Tu veux vraiment m'épouser ? insista-t-elle.

Il se mit à rire doucement et la prit dans ses bras.

— Bien sûr, je le veux !

Il la serra très fort contre lui et l'embrassa jusqu'à ce qu'elle crie grâce.

— Clifford, je ne suis pas une... championne de lutte ! protesta-t-elle. Inutile de m'étouffer.

Le regard du jeune homme se durcit un instant, puis il sourit à nouveau.

— Tu es bizarre, chérie ! Grand-Mère t'a-t-elle dit quelque chose, cet après-midi ?

— Elle... Elle m'a seulement demandé la date de notre mariage.

Les yeux mi-clos, elle surveillait la réaction du jeune homme.

— Ce n'est pas la première fois, fit-il remarquer. Un jour elle se lassera.

— Cette fois, je lui ai répondu... au printemps prochain.

— Ah ! Vraiment ? dit-il enfin.

— Oui, j'ai pensé qu'il était temps de lui donner une information un peu plus précise.

Comme il ne disait rien, elle releva les paupières et le regarda bien en face.

— J'ai eu tort ? Tu n'as pas l'air ravi...

— Ce n'est pas cela. Mais je n'aime pas que l'on se mêle de mes affaires.

Tara eut un petit sourire triste.

— Pas même moi ?

— Ce n'est pas ce que je voulais dire, ma chérie !

Il resserra son étreinte.

— Je t'aime. Seulement, je t'en prie, ne parlons pas de mariage et de date, pour le moment ! J'ai beaucoup à faire au bureau, il faut que je me mette au courant. Comprends-tu ?

— Je ne voulais pas t'ennuyer !

Tara était blessée par son attitude et ne cherchait pas à le dissimuler.

— Chérie...

Clifford l'embrassa légèrement pour se faire pardonner. Il lui adressa ensuite un sourire confiant.

— Contente-toi d'être belle et de te trouver là quand j'ai besoin de toi, mon amour !

— Es-tu sûr d'avoir vraiment besoin de moi ? demanda-t-elle.

— Mais oui, ma petite fille chérie !

— Pas assez cependant pour m'épouser ?

— Tara !

Il sembla enfin comprendre qu'elle était sérieuse.

— Tu n'as pas envie de me quitter, n'est-ce pas, chérie ?

— J'ai pensé rentrer à Londres, confessa-t-elle.

Au grand soulagement de Tara, il protesta fermement.

— Il n'en est pas question !

Il regardait le petit visage grave de la jeune fille.

— Je veux que tu restes avec moi.

— Mais tu es tellement occupé...

— J'ai besoin de toi, répéta-t-il.

Il posa sa joue sur la chevelure soyeuse de Tara. Avec un léger soupir, il murmura :

— Si tu veux envisager notre mariage pour le printemps prochain, eh bien, je suis d'accord.

Tara releva la tête et l'observa d'un regard anxieux.

— Tu le penses vraiment, Cliff ?

— Pourquoi pas ?...

Une fois de plus, Tara était seule. C'était un samedi, mais Clifford était allé au bureau avec Philip. N'ayant pas envie de reprendre sa conversation avec Mme Hautain, elle sortit se promener dans le jardin.

La journée était très chaude, et ses pas la conduisirent au bord de la rivière.

Elle était là, depuis un moment, savourant l'ombre des arbres, lorsqu'un léger bruit attira son attention. Elle se retourna, les yeux écarquillés et les lèvres entrouvertes.

— Je vous ai fait peur ? interrogea Philip.

Incapable de répondre, elle fit un petit signe du menton.

Philip portait une chemise aux manches retroussées. Il paraissait plus grand et plus sauvage que jamais. Ses yeux noirs pétillaient de malice.

Tara tressaillit. Philip était la dernière personne qu'elle souhaitait voir. Il était trop dangereux, trop sensuel.

— Je... Je ne savais pas que vous étiez rentré, dit-elle, s'efforçant de paraître naturelle. Cliff est-il là, lui aussi ?

Philip sourit, il savait qu'elle avait peur de rester seule avec lui.

— Oui, répondit-il. Il avait à faire au garage.

— Je… Je vois.

— J'avais besoin de respirer un peu, après avoir passé la matinée en ville ; c'est pourquoi je suis venu jusqu'ici.

Il se rapprocha ; ses yeux noirs la surveillaient attentivement.

— Vous ne rentrez pas pour le déjeuner ? s'enquit-il.

— J'espérais que Clifford m'emmènerait au restaurant, répliqua-t-elle. Mais il est trop tard, à présent, le temps que nous fassions venir un taxi…

— Vous avez l'air de m'en rendre responsable, dit Philip, le regard moqueur.

— Bien sûr que non ! Je sais que ce n'est pas de votre faute si la voiture de Clifford est hors d'usage pour le moment.

— Mais vous pensez que je pourrais lui prêter la mienne.

Elle haussa nonchalamment les épaules.

— Vous n'en avez pas envie…

Elle se détourna et fit quelques pas le long de la rivière. Philip la rattrapa et la prit par le bras. Elle tressaillit, de nouveau en proie à de violentes émotions.

Il paraissait détendu. Pourtant, Tara aurait juré qu'une idée le tracassait. Il lui donna vite raison.

— J'ai entendu dire que le mariage aurait lieu au printemps prochain, dit-il.

Tara lui lança un regard de côté, cherchant à deviner ses pensées.

— Grand-Mère me l'a affirmé, ajouta-t-il.

La jeune fille ferma les yeux. Pourvu que les révélations de Mme Hautain se soient arrêtées là…

— Je l'aime beaucoup, dit-elle sans trop savoir pourquoi.

Un léger sourire effleura les lèvres de Philip.

— Elle vous le rend bien.

Soudain, il s'arrêta et l'obligea à en faire autant. Il prit son menton dans sa main et leva son visage vers lui.

— Qu'est-ce qui vous a poussé à lui dire cela, Tara ?

Elle le regarda avec étonnement. Sa bouche avait un pli amer, son regard était sombre et impénétrable.

— Parce que c'est… c'est vrai.

— En êtes-vous sûre ?

Il la tenait toujours fermement. Son pouce effleurait ses lèvres en une caresse lente et sensuelle qui troublait profondément Tara.

— Je crois plutôt que vous l'avez dit sur une impulsion. Puis vous en avez parlé à Clifford, à son retour de Glandewin, hier soir.

Tara leva une main pour tenter de repousser celle de Philip. Il se contenta de l'attraper au passage.

— Et même si c'était vrai… le défia-t-elle.

— C'est bien ce que je pensais.

Il semblait satisfait d'avoir eu raison.

— Depuis hier soir, il a un air fuyant que je n'aime guère. Tara, s'il essaie de…

— Non, fit-elle vivement.

Il lui fallait absolument convaincre Philip que ses soupçons étaient injustifiés.

— Vous vous trompez, affirma-t-elle. Clifford est d'accord.

Il l'étudia un moment en silence. Son regard glissa lentement sur chaque détail de son petit visage ovale pour s'arrêter sur la courbe douce de sa bouche.

Enfin, il hocha la tête.

— Je ne veux pas qu'il vous fasse du mal, dit-il.

Un petit démon malicieux la poussa à le provoquer.

— Que feriez-vous, si Clifford me rendait malheureuse ?

Le silence qui suivit mit à vif les nerfs de la jeune fille. Puis, brusquement Philip sourit. Ses doigts se resserrèrent sur le menton de Tara. Une lueur sombre et énigmatique s'alluma dans ses yeux.

Tara comprit qu'elle était allée trop loin...

— Je vous l'ai déjà dit, lui rappela-t-il doucement.

Elle prit une profonde inspiration. Comme toujours avec Philip, la situation lui échappait.

Elle se détourna, mais il la retint. De ses deux mains il encercla sa taille fine et l'attira contre lui. Il lui faisait presque mal tant son étreinte était dure. Sa tête se mit à tourner... Elle entrouvrit les lèvres.

La bouche de Philip prit une inflexion railleuse, ses yeux étincelèrent de colère.

— Etes-vous délibérément provocante ? demanda-t-il à voix basse. Ou ignorez-vous l'effet que vous produisez ?

— Je... Je ne pense pas à cela du tout, murmura-t-elle, je...

— Je... se moqua-t-il tendrement.

Il rit puis la serra plus fort encore. Tara eut l'impression de se noyer dans son regard noir.

— Vous devez apprendre à supporter les conséquences de vos actes, ma douce, chuchota-t-il contre ses lèvres.

Il se pencha pour l'embrasser. Sa bouche brûlante et passionnée prit possession de la sienne. Tara sentait le cœur de Philip battre contre le sien. Chaque fibre de son corps répondait à ses caresses. Plus rien n'existait que ce désir violent et incontrôlable qu'il éveillait en elle.

Soudain, il la repoussa avec une telle brusquerie qu'elle se sentit abandonnée.

— Philip !

Quelqu'un approchait. Elle se tourna vers le nouvel arrivant en essayant vainement d'apaiser les battements désordonnés de son cœur.

— Ah, vous voilà ! dit Clifford en surgissant d'entre les arbres. Nous nous demandions si vous aviez oublié le déjeuner.

Philip avait retrouvé ses esprits. Il sourit à son frère.

— C'est vrai, dit-il. Je vous laisse, je dois aller me changer.

Il fit mine de s'éloigner, puis se retourna.

— Au fait, Clifford, j'ai entendu dire que le mariage était fixé au printemps.

Clifford ébaucha un sourire.

— Ah, tu es au courant...

— Pas grâce à toi, en tout cas !

— Je n'en voyais pas la nécessité. Après tout cela ne concerne que Tara et moi.

— Je crois que cela me regarde aussi, si tu songes à partir pour une longue lune de miel à l'époque la plus chargée de l'année.

— Eh bien nous changerons de date, répliqua nonchalamment Clifford. Cela n'a aucune importance !

— Que le mariage n'ait jamais lieu, non plus, j'imagine ?

Clifford prit un air penaud.

— Je n'ai jamais rien dit de tel...

— Je l'espère ! lança Philip.

Ses yeux noirs se posèrent sur Tara, immobile et troublée.

— J'ai un intérêt personnel dans cette affaire, poursuivit-il.

Sa voix demeurait calme et profonde.

— J'ai dit que j'épouserais Tara si tu ne le faisais pas. Alors, prends bien garde, petit frère ! D'accord ?

A grandes enjambées, il disparut sous les arbres.

Clifford se tourna vers Tara. Ses yeux bleus avaient une flamme dure qu'elle n'y avait jamais vue.

— Que diable a-t-il voulu dire ?

Tara secoua la tête. Philip était parti en lui laissant la tâche d'expliquer sa déclaration. Comme d'habitude, les hommes de la famille Hautain faisait peu de cas de ses sentiments à elle.

D'un air absent, elle fixa la direction dans laquelle Philip avait disparu.

— Qui peut jamais savoir ce que veut dire Philip ? répondit-elle enfin.

Elle aurait bien aimé le découvrir elle-même.

8

Tara se demandait de plus en plus souvent quelle place elle occupait réellement dans la vie de Clifford.

Depuis qu'il avait renoncé à ses projets, il semblait avoir moins besoin d'elle.

Lorsqu'il lui avait annoncé son intention de s'installer définitivement à Fairwinds, elle n'avait pu dissimuler l'angoisse que lui causait cette perspective.

Aujourd'hui encore, elle ne parvenait pas à se faire à cette idée.

— J'aime cette maison, disait Clifford, et tu ne t'y déplais pas. Je ne vois vraiment pas où est le problème.

— Bien sûr, mais...

— Et, bon sang, ce n'est pas la place qui manque !

— Evidemment ! Mais cela ne marchera pas, c'est tout. Nous en avons déjà discuté, Cliff, tu sais ce que je pense.

— Oui, et cela n'avait pas plus de sens à ce moment-là que maintenant.

— Mais...

Tara, désespérée, serrait ses mains l'une contre l'autre. Elle ne pouvait avouer à Clifford les véritables raisons de son refus de rester à Fairwinds. Il ne comprendrait pas qu'elle ne puisse pas vivre sous le même toit que Philip. Ces derniers jours, celui-ci avait occupé presque toutes ses pensées. La situation devenait intolérable.

— Tara...

Clifford poussa un profond soupir. Il prit dans les siens les doigts de la jeune fille.

— Chérie, je ne vois pas pourquoi tu t'obstines ainsi. Mais cela ne fera aucune différence. Je suis fou de toi, je ferai tout ce que tu voudras sauf de quitter Fairwinds.

Tara acquiesca de la tête. Elle savait qu'insister davantage ne servirait qu'à éveiller les soupçons du jeune homme.

— D'accord, Cliff !

Elle paraissait si désabusée qu'il la prit dans ses bras.

— Ne sois pas triste, ma chérie. Pourquoi as-tu si peur de Fairwinds ?

— Pour rien de précis...

— Mais si, voyons !

Il l'obligea à tourner la tête et plongea son regard dans le sien.

— Est-ce Grand-Mère ? Dans ce cas, il ne faut pas t'inquiéter. Elle passe rarement plus de deux mois ici. Elle ne va probablement pas tarder à repartir.

— Mais, je l'aime beaucoup, protesta Tara un peu étourdiment.

— Alors si ce n'est pas Grand-Mère, je ne vois pas...

Il s'interrompit brusquement. Son expression changea. Ses yeux bleus se mirent à pétiller de malice. Il planta un baiser sur le bout du nez de la jeune fille.

— C'est Philip, dit-il. Il t'a séduite n'est-ce pas ?

Tara le regarda d'un air de reproche mais il ne s'en aperçut pas. La situation semblait l'amuser énormément.

— Je t'en prie, Cliff ! Tais-toi ! Tu es parfaitement stupide !

— Mais non, je ne le suis pas ! Reconnais-le chérie :
tu es folle de mon grand frère.

— Tu n'as pas le droit ! protesta Tara furieuse.

— Allons, ne t'inquiète pas, chérie. Cela ne durera
pas. Mais pour le moment, tu ferais mieux de l'admettre, Philip t'attire terriblement. Tu n'es pas la première
à qui cela arrive. Toutes les filles se pâment dès qu'elles
entendent sa voix profonde et virile.

Il se mit à rire de plus belle.

— Et tu ne le laisses pas indifférent non plus. J'ai
remarqué la manière dont il te regarde quand il croit
qu'on ne le voit pas.

— Si c'est vrai, tu devrais avoir hâte de partir d'ici.

Clifford l'observa un instant puis il l'embrassa légèrement sur les lèvres.

— Mais non, il ne faut pas se tourmenter… Je
connais Philip il est très sensible aux charmes d'une
jolie femme. Mais cela ne veut rien dire.

— Et… et moi ?

Il rit de nouveau, refusant de prendre tout cela au
sérieux.

— Je suis là. Tu oublieras vite cette petite attirance
passagère… Eh bien ! Maintenant que cette question
est réglée, annonça-t-il, nous ferions mieux d'aller
déjeuner.

— Je n'arrive pas à y croire, répétait Clifford en
riant.

Après le repas, Mme Hautain lui avait proposé de
faire un petit tour dans le jardin en sa compagnie. Bien
qu'un peu réticent, il avait accepté tandis que Tara
attendait au salon.

Dès qu'elle aperçut son visage, à son retour, elle
comprit qu'il s'était passé quelque chose.

— Veux-tu dire qu'elle t'a réellement demandé de
partir pour Paris avec elle ?

Clifford acquiesça.

— C'est une chance unique, ma chérie ! exulta-t-il.

— Pour toi, certainement, fit Tara.

Elle se détestait de ne pas partager sa joie, mais elle n'y pouvait rien.

— Et Philip ?

— Tu veux parler de mon travail pour Hautain & Fils ? demanda-t-il avec désinvolture.

— Oh, je ne pense pas que mon départ dérange tellement Philip. En fait, je crois même qu'il en sera ravi. Il semblerait que je ne sois pas doué pour les affaires.

— Mais... Je croyais que tout se passait bien.

Clifford fit une petite grimace éloquente.

— Je suis un excellent comédien, avoua-t-il. Même la patience de Philip a des limites. Il ne voulait pas croire que je ne lui serais d'aucune utilité. Alors je le lui ai prouvé.

— Je vois...

Tara ne comprenait que trop bien. Ainsi, Clifford les avait tous trompés. Il n'avait jamais eu l'intention de céder à Philip.

— Mais, l'autre jour tu avais l'air tellement décidé à rester à Fairwinds, je pensais...

Clifford la prit contre lui et lui sourit.

— Chérie, l'autre jour Grand-Mère ne m'avait pas encore offert une possibilité d'aller m'installer à Paris.

Tara garda le silence. Elle ne savait encore que penser de cette nouvelle situation.

— Imagine ! reprit Clifford avec enthousiasme. Paris ! Et en plus, aucun problème matériel ! Je n'aurai à m'occuper que de ma peinture. Je ne peux pas laisser passer une pareille chance.

— Non, bien sûr, admit Tara.

Mais, au fond d'elle-même, elle commençait à se

demander si elle avait une place quelconque au milieu de ces projets si séduisants.

— Allons, chérie ! Tu n'as aucune raison d'être triste.

— Je ne le suis pas. Simplement je pensais... Dans combien de temps dois-tu partir ?

Il haussa les épaules d'un geste nonchalant.

— Je ne sais pas exactement. Quatre ou cinq semaines, je pense. Grand-mère prétend qu'elle a encore quelques problèmes à régler, ici, avant de repartir... Je ne vois pas lesquels, d'ailleurs.

— Quatre ou cinq semaines, répéta Tara, si vite...

— Pour moi, le plus tôt sera le mieux ! Je suis impatient de pouvoir commencer à peindre sérieusement.

— Tu me manqueras !

Elle avait dit cela dans l'intention délibérée de lui ouvrir les yeux : avait-il seulement songé, un instant, à elle ?

Mais il se contenta de la serrer un peu plus fort contre lui et d'appuyer ses lèvres sur sa joue.

Il riait encore.

— Pourquoi ? Rien ne t'empêche de venir avec moi...

— A Paris ? Non, Clifford, je ne crois pas...

— Pourquoi pas ? insista-t-il. Je suis certain que cela ne dérangerait absolument pas Grand-Mère.

— Et, moi, je suis sûre du contraire, répliqua Tara, convaincue de ne pas se tromper.

Mme Hautain suivait son plan : elle voulait que Tara épouse Philip, alors elle éloignait Clifford. C'était tout simple.

— Mais, elle t'aime bien. Et tu prétends que tu le lui rends bien. Je ne vois pas où est le problème !

— Nous ne sommes pas mariés, répondit Tara. Comment veux-tu que je puisse partir, dans ces conditions, pour une période indéterminée ? De toute façon, je ne peux pas me le permettre.

— Tu es aussi matérialiste que Philip ! Toujours à parler d'argent ! Une fille aussi belle que toi ne devrait pas être terre à terre.

— Il faut bien que l'un de nous deux le soit ! rétorqua Tara, sur la défensive.

— De plus, poursuivit Clifford, je ne vois pas qui, dans une ville comme Paris, se préoccuperait de savoir si nous sommes mariés ou non. Personne n'a besoin d'être au courant.

— Mais moi, je le saurais ! Je ne pourrais jamais vivre comme cela, même pour toi.

— Chérie...

Clifford posait sur elle un regard implorant, un léger sourire taquin éclairait son beau visage. Mais Tara, tout à coup, le trouvait moins irrésistible que d'habitude.

— S'il te plaît, ma douce, ne me gâche pas ce moment ! C'est la chance de ma vie qui vient de m'être offerte !

Tara hocha la tête.

— Je le sais, Cliff... et je veux que tu la saisisses.

— Sans toi ?

Il y avait de fortes chances : elle ne l'accompagnerait pas sans qu'ils soient mariés. Il le savait. Pourtant il ne lui proposait pas de l'épouser avant son départ. Etrangement, Tara en était plutôt soulagée.

— Cela dépend entièrement de toi, se contenta-t-elle de répondre.

Clifford semblait seulement comprendre ce qu'elle venait de dire.

— Je... commença-t-il.

Une ombre vint couvrir leurs deux silhouettes enlacées. Clifford s'interrompit.

En hâte, Tara se dégagea de ses bras.

— Je suis désolé de vous avoir dérangés, dit Philip, d'un ton légèrement narquois.

— Je ne savais pas que vous étiez là.

— Cela ne fait rien, rétorqua son frère.

Il se leva et tira Tara par la main pour l'aider à en faire autant.

— De toute façon, nous tournions en rond, soupira-t-il d'un air résigné.

Philip haussa les sourcils.

— Je vois... fit-il simplement.

Clifford le fixa comme s'il pensait que cette réponse laconique contenait un sous-entendu.

Puis il haussa les épaules et glissa un bras autour de la taille de Tara.

— Viens, chérie ! Allons rejoindre Grand-Mère ! Tout à coup, je me sens devenir un petit-fils très attentionné.

La semaine suivante se déroula comme un mauvais rêve.

Tara ne parvenait pas à prendre une décision. Clifford allait partir pour Paris et il ne parlait toujours pas de l'épouser avant. Il ne lui restait donc plus qu'à rentrer chez elle. Pourtant elle ne se décidait pas à le faire. Ne devait-elle pas plutôt attendre le départ de Mme Hautain et de Clifford ?

Peut-être le jeune homme se déciderait-il à l'épouser au dernier moment...

Sinon, elle n'aurait plus qu'une solution : oublier. Cette malheureuse expérience lui aurait au moins appris à se méfier, dorénavant, des jeunes gens trop beaux et trop persuasifs qui prétendraient ne pas pouvoir vivre sans elle.

Un soir, pendant le dîner, elle était plongée dans ses sombres pensées, lorsque la voix de Mme Hautain la fit sursauter.

— Vous vous marierez en blanc, je suppose, disait-elle.

Déconcertée, Tara la fixa un instant. Puis, inexplicablement, elle éprouva le besoin de jeter un coup d'œil à Philip avant de répondre. Il était impassible.

De nouveau, elle se tourna vers Mme Hautain.

— Mais, madame, je... commença-t-elle.

Incapable de soutenir plus longtemps le regard sombre et attentif de la vieille dame, Tara baissa les yeux sur son assiette. Elle ne trouvait pas le courage nécessaire pour avouer qu'il n'y aurait probablement pas de mariage.

Elle se contenta de bredouiller :

— Je... je n'y ai pas encore pensé.

— Voyons, mais cela ne fait aucun doute.

La vieille dame était décidément très sûre d'elle.

— Vous serez très belle en blanc !

Tara sourit avec un peu de tristesse. Il était ridicule de poursuivre cette conversation. Mais elle ne trouvait toujours pas les mots qui y mettraient fin.

— Nous avons encore le temps d'y réfléchir.

D'un petit rire, Mme Hautain balaya cette suggestion.

— C'est absurde ! Il n'y a jamais trop de temps pour organiser correctement un mariage.

Tara garda le silence, mais Clifford fit une petite grimace.

— Faut-il vraiment que nous abordions des sujets aussi déprimants à table ? demanda-t-il malicieusement.

Il se mit à rire.

— Nous parlons de *ton* mariage, lui rappela sa grand-mère. Je ne vois pas ce qu'il y a de déprimant à cela !

Son ton était sévère, mais Tara crut discerner une lueur satisfaite dans ses yeux noirs.

Après une pause, elle reprit :

— Tu as une chance inouïe, Clifford, qu'une fille comme Tara accepte de t'épouser. Tu devrais t'en réjouir !

— Je serais encore plus heureux si elle consentait à m'aimer tout simplement ! répliqua Clifford en faisant preuve d'un courage inhabituel.

Ses paroles étaient claires.

Tara sentit, plus qu'elle ne vit, Philip redresser la tête comme s'il venait d'être frappé.

— L'amour et le mariage sont-ils incompatibles ? demanda-t-il calmement.

Son regard sombre se posa sur Tara.

— Je ne l'aurais pas cru, ajouta-t-il.

Clifford observa attentivement le visage de son frère, comme s'il cherchait à découvrir à quel point il était sérieux.

— Très bien, dit-il, je me rends. Si cela peut faire plaisir à Tara...

Philip le fixait toujours.

— Pour l'amour du ciel, Philip, cesse de me regarder comme si tu avais envie de me battre !

— Tu n'es guère galant envers ta fiancée, Clifford ! intervint Mme Hautain.

Clifford serra les lèvres.

— Je sais Grand-Mère... Je suis désolé.

Il lança un petit coup d'œil à Tara et lui adressa un sourire repentant.

— Suis-je pardonné, chérie ? demanda-t-il doucement.

Devant les autres, Tara pouvait difficilement faire autrement. Pourtant, au fond d'elle-même, quelque chose s'était définitivement brisé, et elle souhaitait désespérément mettre fin à cette comédie.

Elle rendit cependant son sourire à Clifford, en signe de pardon.

— Oui, se borna-t-elle à répondre.

Pour Mme Hautain, l'incident était déjà clos. Elle poursuivait son idée :

— Vous seriez ravissante dans une robe de Paris.

Ses petits yeux perçants ne quittaient pas le visage de la jeune fille, guettant sa réaction.

— Je n'ai pas eu de fille, ajouta-t-elle, ni de petite-fille, et j'aimerais que vous me laissiez vous l'offrir !

Tara ne savait plus quoi dire. Mme Hautain allait beaucoup trop vite pour elle.

— Mais, je... C'est impossible, madame, balbutia-t-elle.

Instinctivement, elle se tourna vers Philip et lui adressa une prière muette. Mais il souriait légèrement. Manifestement, il approuvait ce qui se passait.

Tara sentit la panique l'envahir. La situation lui échappait totalement. Peu à peu, Mme Hautain prenait son avenir en main sans qu'elle puisse intervenir.

— Mais, pourquoi pas, mon enfant ? dit la vieille dame avec fermeté. Cela me fera plaisir. Vous ne pouvez pas me refuser cette petite joie.

Malicieuse, elle ajouta :

— De plus, cette robe de mariée nous fera faire un pas dans la bonne direction, non ?

Tara releva les yeux, juste à temps pour surprendre le regard de connivence que Mme Hautain échangeait avec Philip. Elle se sentit rougir. Non ! Philip ne pouvait pas être au courant des projets insensés de sa grand-mère. Ce serait trop affreux !

— En fait, poursuivait Mme Hautain, j'ai pris les devants. J'ai écrit à une de mes excellentes amies à Paris pour lui demander de faire le nécessaire. Si tout va bien, un colis devrait arriver ces jours-ci.

— Oh, madame !

— Vous devriez commencer à m'appeler Grand-Mère, suggéra aimablement Mme Hautain. Ainsi vous en auriez pris l'habitude le jour où vous ferez définitivement partie de la famille.

Clifford semblait épouvanté par la vitesse à laquelle les événements se succédaient. Mais, Philip, lui, éclata de rire. Ses yeux étaient aussi noirs et brillants que du charbon.

Il se tourna vers sa grand-mère.

— Quelle prodigieuse marieuse vous faites ! lui dit-il. Vous ne laissez rien se mettre en travers de votre chemin, n'est-ce pas ?

Tara crut surprendre une note de désapprobation dans sa voix. Mais Mme Hautain ne sembla rien remarquer. Elle ne pensait qu'à poursuivre son plan.

— Pas quand je sais ce que je veux, répliqua-t-elle. Et dans ce cas-ci, je sais parfaitement où je vais !

— J'aimerais le savoir aussi, grommela Clifford d'un ton sinistre. J'ai l'impression que tout va un peu vite, tout d'un coup.

Il se tourna vers Tara et la regarda d'un air suppliant.

— Devons-nous vraiment passer par toutes ces cérémonies ? L'église, tout le reste...

— Mais évidemment. Tara veut se marier à l'église, intervint sa grand-mère.

L'intéressée n'avait même pas eu le temps d'ouvrir la bouche pour répondre.

— Mon Dieu, Clifford ! Quel sauvage tu fais !

— Je crois que l'on ne me laisse guère le choix, se plaignit-il amèrement. N'ai-je donc le droit de rien dire ?

— Mais si, rétorqua Philip, tu peux toujours dire oui ou non.

Clifford soutint un moment le regard de son frère, puis il fit mine, à nouveau, de s'intéresser au contenu de son assiette.

— Merci, murmura-t-il, sarcastique. Je suis heureux

d'entendre que j'ai encore la possibilité de choisir. Je commençais à en douter.

— Oh, Cliff !

Tara tendit la main au jeune homme dans un geste qui se voulait réconfortant. Du regard, elle l'implorait de comprendre. Mais comment aurait-il pu saisir ce qui se passait réellement ? Il ne connaissait pas, lui, les intentions de sa grand-mère.

La situation se compliquait de plus en plus. Tara cherchait désespérément un moyen d'en sortir. Mais elle n'en voyait pas.

— J'ai toujours espéré que nous pourrions échapper aux cloches, aux confettis et à tout ce cirque, soupira Clifford.

Il était toujours d'humeur sombre.

— Et j'aurais pu y parvenir, si toute la famille ne s'était liguée contre moi, ajouta-t-il.

De nouveau, il poussa un profond soupir.

— Très bien, allez-y avec votre carnaval ! J'ai une semaine ou deux pour m'y faire... ou pour prendre une autre décision, acheva-t-il.

Tara se dit qu'elle devait saisir cette chance de mettre fin à tous ces mensonges. Mais avant qu'elle n'eût eu le temps d'intervenir, Philip s'adressa à son frère.

— Si tu laisses tomber Tara à la dernière minute, Clifford, je te le ferai payer très cher ! Je te le promets !

Son expression était si menaçante que Tara frissonna d'appréhension.

Clifford resta muet, interdit. Tara fixa son assiette en se mordant les lèvres. Seule Mme Hautain sourit, satisfaite. Son petit visage se plissa et prit une expression incroyablement rusée.

Ainsi que l'avait annoncé Mme Hautain, un paquet arriva de Paris quelques jours plus tard. Visiblement sa destinataire était ravie de son contenu.

Dans l'après-midi, la gouvernante vint avertir Tara que Madame l'attendait dans sa chambre. La jeune fille s'y rendit en courant.

Elle ne pouvait s'empêcher d'être excitée et elle souriait en montant l'escalier pour rejoindre la vieille dame.

Elle s'arrêta devant la chambre de Mme Hautain et frappa.

— Entrez ! lui cria-t-on joyeusement.

Tara ouvrit doucement la porte.

— Ah !...

Mme Hautain était debout au milieu de la pièce. Elle se retourna pour prendre quelque chose dans une grande boîte posée sur le lit.

— Mettez-là, ordonna-t-elle avec une gentillesse inhabituelle.

Elle tendait à Tara une merveille de soie et de dentelle blanches. La jeune fille ne put résister.

Quelques instants plus tard, le grand miroir lui renvoyait l'image d'une ravissante inconnue au charme un peu exotique.

L'éblouissante blancheur de la toilette mettait en valeur ses soyeux cheveux bruns et son teint mat. Ses yeux paraissaient plus noirs et plus brillants que d'habitude.

Mme Hautain se mit à parler très vite en français. Tara ne comprenait rien à ce que lui disait la vieille dame ; mais à son ton elle devinait qu'elle lui faisait des compliments.

— Je suis désolée, madame, mais je n'ai pas compris.

Un brusque silence lui avait fait saisir que son interlocutrice attendait une réponse.

— Tss !

Mme Hautain soupira impatiemment.

— Philip devrait vous apprendre le français !

— Clifford a essayé, riposta Tara en s'efforçant de garder son calme.

Son cœur battait à se rompre. Mme Hautain était incorrigible. Elle avait encore fait exprès de mentionner Philip au lieu de Clifford.

Elle feignit d'ailleurs d'ignorer la discrète rectification de Tara. Elle fit un petit geste expressif de ses deux mains tendues.

— Elle vous va fort bien, mon enfant, déclara-t-elle. Je savais que je pouvais compter sur Mme Ferrer. Elle a très bon goût. J'ai pensé que vous me pardonneriez une légère erreur de taille, s'il y en avait une. Je tenais absolument à vous faire une surprise.

Elle recula d'un pas et inclina de côté sa tête couronnée de cheveux blancs, dans une attitude critique. Son visage s'éclaira d'un sourire : l'examen devait être concluant.

— Vous êtes très belle, mon enfant. Mon petit-fils sera fier de vous.

— Mais, je... dois, commença Tara.

Une petite main ridée lui imposa silence.

— Non, ne dites rien ! Ne vous tourmentez pas. Vous ne pouvez me refuser le plaisir de vous offrir votre robe de mariée.

Tara était certaine que la vieille dame avait fait exprès de se méprendre sur les paroles qu'allait prononcer son interlocutrice.

— Bien sûr que non, répondit-elle à mi-voix. C'est très gentil à vous, madame. Mais je pense qu'il faut que je vous...

— Cela suffit ! l'interrompit Mme Hautain avec impatience. Si cette toilette vous plaît, c'est tout ce qui compte !

Pensivement, Tara se mit à suivre, du bout des doigts, les courbes tendres de son corps, caressant la douceur de la soie.

Soudain, elle prit conscience d'une autre présence dans la pièce. Elle releva vivement les yeux et découvrit à côté d'elle, dans le miroir, le reflet de Philip.

La porte de la chambre était entrouverte et il se tenait dans l'embrasure.

Leurs regards se croisèrent. Haletante, Tara reconnut la lueur qui brûlait dans celui de Philip : celle qu'elle avait découverte quand il s'était penché pour l'embrasser le jour de son retour de l'hôpital.

Elle sentit son cœur s'affoler.

Pendant quelques secondes, ils demeurèrent figés, tous les deux, retenant leur souffle. Le temps semblait s'être arrêté. Ils étaient seuls au monde. Un étrange sentiment d'exaltation s'empara de Tara.

Debout au centre de la pièce, Mme Hautain les observait en silence.

— Tara...

Philip avait parlé si doucement que Tara l'entendit à peine. Mais ce murmure suffit à briser l'enchantement dans lequel ils se trouvaient.

Lentement, la jeune fille secoua la tête. Elle porta une main à sa poitrine comme pour apaiser les battements désordonnés de son cœur.

Que faisait Philip, à cette heure, dans la chambre de sa grand-mère ?

Il ne tarda pas à fournir la réponse à cette question.

Abandonnant, à regret, l'image de Tara dans le miroir, il se tourna vers Mme Hautain.

— Un coup de téléphone pour toi, Grand-Mère ; de Paris...

— Bien... Ce doit être Mme Ferrer.

Un sourire ravi effleurait les lèvres de Mme Hautain. Visiblement, elle n'était pas mécontente de l'apparition inattendue de son petit-fils.

— Vous m'excuserez un moment, mon enfant, mais il faut que j'aille remercier mon amie.

Ses yeux vifs et pétillants se tournèrent vers Philip.

— Quant à toi, mon cher, tu vas sortir d'ici, tout de suite. Allez! Vite! Cela porte malheur de voir la mariée avec sa robe avant la cérémonie.

Pendant un instant, encore, le regard de Philip retint celui de Tara. Elle se sentit défaillir, la pièce se mit à tourner autour d'elle. Son corps tout entier répondait à cet appel muet.

Puis Philip inclina sa tête brune, en réponse à l'ordre de sa grand-mère. Il fit volte-face et disparut sans un mot.

— J'espère que vous n'êtes pas superstitieuse, mon enfant, dit avec malice Mme Hautain.

Tara fit signe que non.

Il lui était difficile de s'opposer à la vieille dame alors qu'elle portait cette merveilleuse robe.

C'était très généreux de sa part, même si elle avait, en le faisant, une idée derrière la tête.

— Philip ne compte pas, se contenta de répondre Tara. Seul le fiancé est concerné par cette superstition.

Dans un sursaut de courage, elle ajouta :

— Je... J'aimerais que vous n'essayiez pas de créer un lien entre Philip et moi, madame. Il n'y a rien. Si je dois, un jour, porter cette toilette, ce sera pour épouser Clifford... et personne d'autre.

Leurs images se reflétaient, côte à côte, dans le grand miroir.

Mme Hautain regardait sa jeune compagne d'un air entendu.

— Peut-être, murmura-t-elle, nous verrons...

9

Les jours suivants furent un peu confus.

Tara ne savait toujours pas quelle décision prendre.

Clifford ne parlait plus que de son prochain séjour à Paris. Il était clair qu'il se désintéressait totalement du problème du mariage. Il se refusait même à en discuter avec Tara, et détournait la conversation chaque fois qu'elle essayait d'aborder le sujet avec lui.

Autre chose la tourmentait, l'attristait : Clifford ne prendrait jamais sa place au sein de l'entreprise familiale, ainsi que l'avait souhaité son père, autrefois. Elle dut finir par admettre que la principale raison du chagrin que lui causait cette idée était la terrible déception de Philip.

La situation se détériorait tellement entre Clifford et elle, que Tara aurait immédiatement quitté Fairwinds si elle n'avait craint de peiner Mme Hautain.

Elle était certaine que la vieille dame savait exactement à quoi s'en tenir, mais elle repoussait sans cesse le moment de tout lui avouer.

L'occasion se présenta un jour, au cours du déjeuner, Mme Hautain avait, une fois de plus, soulevé la question des préparatifs de la noce.

— Il y a encore beaucoup à faire, Tara ! Avez-vous enfin fixé une date définitive ?

— Non...

La jeune fille se tourna vers Clifford, implorant son appui du regard.

— Madame, je vous en prie, il faut que vous m'écoutiez.

Mme Hautain posa sur elle des yeux attentifs et pénétrants.

— Mais, bien sûr, mon enfant.

A présent qu'elle se trouvait au pied du mur, Tara sentait son courage l'abandonner. La panique l'envahissait.

Elle se mordit les lèvres.

— Je sais tout le mal que vous vous êtes donné pour faire venir une robe de Paris, madame, mais... je...

— Ce qu'elle essaye de dire, intervint Clifford, c'est qu'il n'y aura pas de mariage !

Il eut un petit rire dur.

— Je n'ai jamais eu l'intention de me marier, et Tara le sait.

— Va au diable, Clifford !

Philip était dans une telle colère que Tara le regarda anxieusement.

Comment lui expliquer que l'attitude de Clifford ne la peinait pas ? Qu'elle était même soulagée que cette comédie fût enfin terminée ?

Dans l'état de fureur qui était le sien, il ne l'écouterait pas.

Clifford reposa tranquillement son couteau et sa fourchette. Il se redressa ; son beau visage avait pris une expression déterminée.

Tara ne pouvait supporter l'idée que les deux frères allaient se quereller à cause d'elle. Mais elle comprit qu'il ne servirait à rien d'intervenir.

— Une fois pour toutes, dit Clifford, je n'ai jamais accepté toute cette mascarade...

Sa voix était calme mais ferme.

— Je veux que Tara m'accompagne à Paris, mais pour rien au monde je ne me plierai aux tracasseries d'un mariage. Je le lui ai dit : elle a le choix de venir avec moi ou non.

— Ainsi, vous n'avez jamais été réellement fiancés, intervint froidement Mme Hautain.

Elle surveillait attentivement les réactions de la jeune fille.

— Mais, vous avez cru qu'il vous épouserait, non ?

Tara ne pouvait plus supporter la compassion que lui témoignaient Philip et Mme Hautain.

Instinctivement, elle releva le menton dans un geste de défi.

— Je ne sais pas, avoua-t-elle. Je pense que oui.

Clifford la regarda. Il semblait déjà regretter son accès de franchise.

— Je suis navré, ma chérie, mais pour les fiançailles, je...

— Tu les as utilisées comme moyen pour faire venir Tara à Fairwinds, c'est ça ? le coupa Philip.

Sa voix était si rude que Tara la reconnut à peine.

— A peu près, admit Clifford.

Son courage semblait renaître. Peut-être sentait-il que sa grand-mère n'était pas aussi irritée qu'il l'aurait cru...

L'expression sévère et dure de Philip le vieillissait.

Il était temps pour Tara d'intervenir. Il lui fallait expliquer qu'elle n'avait pas la moindre envie d'épouser Clifford.

Mais avant qu'elle ait pu ouvrir la bouche, Philip repartait à l'attaque :

— Tu as déjà accompli des actes égoïstes dans ta vie, Clifford, mais celui-ci est le pire de tous ! déclara-t-il d'un ton tranchant.

Tara lui jeta un coup d'œil furtif : visiblement il luttait pour tenter de conserver son calme.

— Pour l'amour du ciel, jeta Clifford exaspéré, je ne vois pas en quoi cette histoire te concerne, Philip ! De plus, il n'y a pas de quoi en faire un drame !

Philip se tourna vers Tara. Elle découvrit une telle lueur de pitié dans son regard qu'elle frémit. C'en était trop !

D'un bond, elle se leva, repoussant brutalement sa chaise.

— Clifford a raison, Philip, tout cela n'a aucune importance !

A son grand soulagement, Philip ne répondit pas. Mais, tandis qu'elle se dirigeait vers la porte, elle sentit son regard qui la suivait.

— Chérie, où vas-tu ?

C'était Clifford, bien sûr. Il pensait toujours qu'elle partageait son point de vue, et qu'un jour elle ferait ce qu'il souhaitait.

Tara se tourna vers lui.

— Tu tiens vraiment à le savoir ?

Elle se mit à rire en voyant son expression changer.

— Ne t'inquiète pas ! De toute façon, je n'ai pas envie de t'épouser, non plus. Je ne crois pas l'avoir jamais voulu, d'ailleurs.

Il s'était levé à son tour et s'approchait d'elle.

— Je t'en prie, ne me suis pas ! C'est inutile !

Elle tourna les talons et claqua la porte derrière elle. Elle eut cependant le temps d'entrevoir la fureur qui déformait les traits réguliers de Clifford. Elle vit aussi Mme Hautain poser une main sur le bras de Philip, pour le retenir.

Elle s'enfuit sans but précis. Elle n'avait plus qu'un désir : être seule et oublier cette scène humiliante.

Il lui restait une seule chose à faire, quitter Fairwinds, le plus vite possible.

Le jardin lui sembla être un asile paisible et frais.

Elle dévala donc les marches du perron et s'engagea en courant sur le gravier de l'allée.

— Tara !

Elle décida d'ignorer ce cri, mais Clifford était plus rapide qu'elle. Il eut vite fait de la rejoindre.

— Chérie, arrête-toi !

Elle ne lui jeta même pas un coup d'œil. Elle obliqua brusquement et prit la direction de la rivière.

— Attends !

Clifford la saisit par le bras et la força à s'arrêter.

A l'expression de ses yeux bleus, Tara comprit qu'il s'attendait à un sourire.

Au lieu de cela, elle le dévisagea. Elle avait l'impression de le voir pour la première fois. Et ce qu'elle découvrait ne lui plaisait pas beaucoup.

Certes, il était beau. Mais le problème était justement là : il en était conscient et se servait de son charme pour parvenir à ses fins.

Jamais encore Tara n'avait compris à quel point il était égoïste. Il s'était servi d'elle sans tenir compte de ce qu'elle pouvait ressentir.

— Je voudrais être seule !

Elle était parvenue à garder une voix calme et elle en fut heureuse.

— Ne puis-je me promener avec toi ?

Visiblement, la réaction de la jeune fille l'étonnait. Il était sûr qu'elle finirait par accepter de vivre avec lui.

Tara ne put s'empêcher d'éclater de rire : elle cacha son visage entre ses mains pour dissimuler les étincelles qui pétillaient dans ses yeux.

— Tu n'abandonnes jamais, n'est-ce pas, Clifford ?

Il secoua la tête, complètement ahuri.

— Je ne comprends pas...

Il fronçait les sourcils. Tara rit de plus belle.

— Pour l'amour du ciel, cesse de rire ainsi ?

— Pourquoi ? Tu ne trouves pas ça drôle ?

— Non! Je ne vois pas ce qu'il peut y avoir d'amusant à te regarder rire comme une idiote, pendant que j'essaie de te parler sérieusement.

— Sérieusement?

Tara était en proie à un étrange sentiment qui la poussait à le provoquer.

Elle le fixa.

— As-tu jamais été sérieux, Clifford?

— Tu sais très bien que je l'ai toujours été avec toi, protesta-t-il. Et je le suis encore.

— Mais pas assez pour m'épouser?

Sans attendre sa réponse, elle recommença à marcher. Il la rattrapa et la saisit, à nouveau, par le bras.

— Je me souviens, fit-elle, tu m'as dit un jour que ni Philip ni toi n'étiez fait pour le mariage. J'aurais dû comprendre que tu disais la vérité, à ce moment-là.

Elle lui fit face.

— J'ai raison, n'est-ce pas?

— Très bien, je l'admets.

Il commençait à s'impatienter.

— Après tout, un homme a bien droit à une certaine liberté, non?

— En es-tu sûr?

Elle parvenait à s'exprimer avec beaucoup plus de détachement qu'elle ne l'aurait cru possible.

— Tu sais, j'ai vraiment pensé que nous étions engagés l'un envers l'autre. Et pour moi cela signifiait...

— La bague au doigt!

Clifford avait adopté un ton désagréablement railleur.

— Eh, bien! Je ne suis pas comme toi, chérie. Pour moi, cela veut simplement dire aimer quelqu'un, avoir envie de partager sa vie avec lui et lui consacrer son temps. Ce n'est pas une signature sur un malheureux bout de papier!

144

— C'est tellement plus facile ! Ainsi, le jour où cela ne marche plus, on arrête et on recommence avec quelqu'un d'autre. Je suis désolée, Cliff, mais je n'ai pas la même conception de l'amour que toi.

— Mais pourquoi te quitterais-je ? Je t'aime !

— Je ne le crois pas ! Certes, tu me l'as souvent dit ! Mais si tu m'aimais vraiment, tu ne considérerais pas le mariage comme une telle corvée.

Elle s'interrompit un instant.

— En fait, je t'en suis plutôt reconnaissante.

Clifford la regardait d'un air incertain.

— Que diable veux-tu dire ?

— Tout simplement ceci : je suis heureuse que tu te sois enfin montré sous ton véritable jour.

Elle fit une pause pour donner plus de poids à ce qu'elle allait dire.

— Si Philip et ta grand-mère avaient réussi à te pousser à m'épouser, il aurait probablement été trop tard quand j'aurais découvert que je ne t'aime pas !

— Je vois...

Les doigts de Clifford se resserrèrent sur son bras. Sa bouche prit un pli dur.

— Tu n'as aucune crainte à avoir. De toute façon, je ne t'aurais jamais épousée. Personne n'aurait pu m'y contraindre.

— Je m'en rends compte à présent ! Je regrette de ne pas l'avoir compris plus tôt.

— Eh, bien, remercions le ciel que toute cette comédie soit enfin terminée !

Il eut un petit rire sec et sans joie.

Ses yeux avaient pris un éclat dur, têtu. Tara lui avait vu un tel regard une seule fois : lorsqu'elle lui avait dit qu'elle n'aimait pas les divorces trop faciles. Ce jour-là, il l'avait traitée de puritaine.

Il la fixait. Il paraissait réfléchir. Enfin, il hocha la tête.

— Rien ne serait arrivé si je ne t'avais pas amenée à Fairwinds, affirma-t-il, très sûr de lui.

— Je ne vois pas pourquoi, Clifford. Il n'était pas question pour moi d'accepter ce que tu me proposes... Ici ou ailleurs.

— Hum...

Visiblement, il se refusait à considérer comme définitive la réponse de la jeune fille.

— Tu ne changeras pas d'avis ?

Tara fit signe que non.

Les yeux de Clifford étincelèrent de rage.

— Ainsi, c'est Philip, n'est-ce pas ? Je ne m'étais pas trompé.

— Philip ?

— Oui, Philip, répéta-t-il, railleur. Quand j'ai dit qu'il t'attirait, tu l'as nié ; mais à présent, je suis sûr que j'avais raison.

— Tu es ridicule !

Tara protestait, mais sa voix était moins ferme, tout à coup.

Les paroles de Clifford la troublaient.

Depuis son arrivée à Fairwinds, elle avait en effet trouvé Philip dangereusement séduisant. Plus d'une fois, elle avait été effrayée de la violence des émotions qu'il éveillait en elle ; mais jusqu'à cet instant, elle avait toujours été persuadée qu'elle désirait épouser Clifford ; elle ne s'était donc pas interrogée davantage sur les sentiments qu'elle portait à son frère aîné.

Soudain le voile se déchirait : elle l'aimait !

Il ne s'agissait pas d'une simple attirance physique. Elle l'aimait, c'était une certitude absolue.

Or, cette révélation ne résolvait rien. Philip ne ressentait rien pour elle. Certes, il l'avait embrassée, mais comme il aurait embrassé n'importe quelle jeune et jolie fille dans des circonstances semblables.

Avec effroi, Tara s'aperçut que des larmes roulaient

sur ses joues. Vivement, elle les essuya d'un revers de main. Trop tard! Clifford avait eu le temps de les remarquer.

Indécis, il l'observait.

Tara avait une seule idée en tête : quitter Fairwinds et ses occupants. Le plus tôt serait le mieux !

Clifford tendit les bras vers elle. Il l'aurait attirée à lui si elle ne s'était soudain enfuie en courant.

Aveuglément, elle se précipita vers la maison.

Jamais elle n'avait autant désiré sentir les bras de Philip autour d'elle.

Le soir, elle se sentait un peu plus calme.

Elle descendit dîner en ayant pris la ferme décision d'annoncer son départ immédiat.

Clifford l'observa d'un ait interrogateur. Visiblement, il se demandait ce qu'elle comptait faire.

Mme Hautain, à plusieurs reprises, chercha le regard de la jeune fille, mais elle se déroba chaque fois ; tout comme elle évitait soigneusement de faire face à Philip.

Elle avait besoin de tout son courage, si elle ne voulait pas se rendre ridicule en éclatant en sanglots.

A la fin du repas, elle se décida.

— Je partirai demain matin, Philip.

Elle parlait d'une voix claire et précise qui ne laissait planer aucun doute sur la fermeté de sa résolution.

— Je veux que vous sachiez que je vous suis très reconnaissante de m'avoir permis de venir à Fairwinds... J'ai beaucoup apprécié mon séjour, ici... en dépit de tout.

Elle avait de plus en plus de mal à contrôler le tremblement de sa voix. Des larmes amères lui brûlaient les yeux.

— Je sais que vous me pardonnerez ce départ un peu précipité, poursuivit-elle avec difficulté.

Elle secoua la tête. Elle ne pourrait en dire plus sans éclater en sanglots.

— Merci, se contenta-t-elle de murmurer.

— Tara...

Du coin de l'œil, elle vit Mme Hautain poser une main sur le bras de Philip. Il poussa un petit soupir résigné.

— Très bien, dit-il de sa belle voix chaude.

Tara ne put s'empêcher de se souvenir que c'était la première chose qui l'avait séduite en lui.

— Si vous voulez bien m'excuser, balbutia-t-elle... Il faut que j'aille faire mes bagages.

Elle ne songeait plus qu'à retrouver la solitude de sa chambre. Elle tourna les talons et traversa le hall presque en courant.

La voix de Philip l'arrêta au pied de l'escalier. Elle avait déjà une main sur la rampe, Philip l'emprisonna de ses doigts musclés.

Tara frémit, envahie par cet étrange sentiment d'exaltation que le contact de Philip provoquait toujours en elle.

— Je vous raccompagnerai, fit-il simplement.

Elle se retourna affolée : non ! Elle ne pourrait jamais supporter se de retrouver seule avec lui, dans l'intimité d'une voiture, pendant tout un voyage.

— Non, répondit-elle très vite. Non, je vous en prie, Philip, je... je préfère prendre le train, je vous assure.

Il la fixa un instant en silence.

S'il prononçait seulement un mot pour essayer de la convaincre, Tara céderait, elle en était sûre.

Mais il n'en fit rien, il se contenta de hocher la tête :

— Comme vous voudrez, Tara. Mais je vous conduirai à la gare. A quelle heure comptez-vous partir ?

La jeune fille se sentit vaciller. Elle dut se retenir à la rampe. Pourrait-elle supporter l'idée de ne plus jamais le revoir ?

Elle baissa les yeux sur les doigts bruns qui retenaient toujours les siens.

— Il y a un train à neuf heures et demie, dit-elle d'une voix tremblante, si cela vous convient...

Il acquiesça brièvement.

— Vous l'attraperez, promit-il.

Pour la centième fois au moins, Tara jeta un regard sur le réveil posé près de son lit. Elle posa le livre auquel elle tentait vainement de s'intéresser.

Elle avait fait ses valises et passé un long moment dans un bain très chaud, généreusement parfumé avec ses sels préférés. Mais rien n'était parvenu à la détendre.

Elle n'avait pu se résoudre à se coucher, car il était encore relativement tôt. Elle avait donc enfilé un léger déshabillé jaune pâle par-dessus sa chemise de nuit et s'était lovée dans une grande bergère. Ses longs cheveux bruns, encore légèrement humides, tombaient souplement sur ses épaules.

Il aurait suffit de peu de choses pour qu'elle se remette à pleurer ; mais elle était décidée à ne pas se laisser aller.

Assise, le menton dans une main, le regard perdu, Tara revivait son séjour à Fairwinds. Une lueur triste assombrissait ses yeux.

Trois petits coups insistants frappés à la porte la tirèrent de sa rêverie nostalgique.

Indécise, elle resta un moment à contempler le panneau de bois. Il s'agissait probablement de Mme Hautain qui venait prendre de ses nouvelles.

Tara essuya une petite larme égarée avant de répondre :

— Entrez !

— Tara...

Philip ! Incrédule, elle le fixa sans bouger. Puis dans

un geste instinctif de protection, elle cacha ses pieds nus sous sa chemise de nuit.

Il se tenait, immobile, dans l'embrasure de la porte. Sa chemise blanche mettait en valeur ses traits hâlés.

Son regard caressant glissa sur la jeune fille. Elle retint son souffle.

— Je suis désolé, dit-il enfin, je ne pensais pas vous trouver...

Il fit un petit geste expressif pour désigner la tenue de Tara. Aussitôt, elle porta une main à l'encolure de son déshabillé ; de l'autre elle tira le fin tissu sur ses hanches.

La jeune fille tremblait mais un feu intérieur la brûlait.

— Je... je suis confuse, murmura-t-elle d'une voix mal assurée. Je viens de prendre un bain et...

— Vous êtes très belle !

Un frisson glacé courut le long du dos de Tara. Elle ferma les yeux, cherchant à ne pas trahir l'effet que Philip avait sur elle.

Il ne dit rien de plus. Haletante, Tara n'osait bouger.

— Vous... vous feriez mieux d'entrer, fit-elle enfin.

Elle faillit ajouter : « on pourrait vous voir. » Mais elle se retint à temps.

Il haussa les sourcils, un peu surpris par cette invitation.

Cependant, il pénétra quand même dans la chambre et referma soigneusement la porte derrière lui.

Le cœur de Tara se mit à battre la chamade.

Philip la regardait, une lueur amusée au fond des yeux.

— Vous êtes imprudente, dit-il à mi-voix, ne craignez-vous pas que...

Il s'interrompit brusquement, son regard redevenu sérieux.

— Je suis navré, Tara. Je ne devrais pas vous taquiner. Pas ce soir...

Elle garda le silence, incapable de proférer un son. Elle serrait toujours son peignoir autour d'elle.

— Tara, désirez-vous épouser Clifford ?

Elle releva vivement la tête et le dévisagea, étonnée. Avant même d'ouvrir la bouche pour répondre, elle fit signe que non.

— Je ne veux pas épouser Clifford, Philip... Je crois que je n'en ai jamais eu envie. Je pensais vraiment ce que j'ai dit ce matin, pendant le déjeuner.

Philip la fixa un instant, comme s'il n'était pas convaincu. Puis il parut satisfait et déclara :

— J'aurais veillé à ce qu'il le fasse, si vous y aviez tenu.

Tara se dit que Clifford n'aurait eu aucune chance de se dérober, si Philip avait jugé nécessaire d'intervenir.

Elle s'aperçut qu'il s'était rapproché. Avant qu'elle eût le temps de réagir, il effleura sa joue dans une caresse lente, presque hypnotique.

— J'en suis heureux !

Instinctivement, Tara tourna légèrement son visage et posa ses lèvres sur la paume qui la caressait avec une telle tendresse.

— Philip, je...

Mais il l'interrompit.

— Je suis venu contre toute raison, mais il fallait absolument que je vous parle.

Soudain, à l'inflexion de sa voix, Tara fut certaine de savoir ce qu'il était venu lui dire.

Elle releva vers Philip des yeux étincelants de joie.

— Je suis contente que vous l'ayez fait, murmura-t-elle.

Les mains de Philip glissèrent jusqu'à sa taille mince. Il l'attira à lui. Le corps de Tara se mit à brûler de cet émoi maintenant familier. Plus rien ne comptait en dehors de cet impérieux besoin qu'elle avait de lui. Elle voulait uniquement se serrer contre lui.

Il fixait sa bouche de ce regard intense que sa grand-mère avait remarqué. D'un doigt il en dessina doucement la courbe pleine.

— Faiwinds va être bien vide quand Grand-Mère et Clifford seront partis. Je n'ai pas envie de me retrouver seul de nouveau. Je ne pourrais plus supporter le silence et la solitude... Restez avec moi, Tara !

Pendant un instant, elle se dit qu'il lui proposait à peu près le même genre d'arrangement que Clifford. Puis elle comprit que cela n'avait aucune importance... Même si c'était le cas, elle resterait. Rien ne pourrait l'en empêcher.

— Pour vous tenir compagnie, uniquement ? risqua-t-elle néanmoins.

Les yeux noirs de Philip étincelèrent.

— Resterez-vous ? insista-t-il.

Il la défiait.

— Oui, je resterai...

Il ne répondit pas mais il la serra plus fort contre lui, l'enfermant étroitement dans le cercle de ses bras. Il se pencha et prit ses lèvres. Sa bouche était plus possessive que jamais. Elle lui répondit avec un abandon total.

— Je te veux, chuchota-t-il contre sa bouche. Et je vais t'épouser. Je ne te laisserai aucune chance de changer d'avis et de rejoindre Clifford à Paris.

— Philip !

— Je le pense, ma chérie !

— Tu veux vraiment m'épouser ? demanda-t-elle.

Elle rejeta la tête en arrière afin de pouvoir observer son expression. Les yeux de Philip brillaient d'un tel amour qu'elle frémit.

Lentement, elle se mit à défaire les boutons de sa chemise, puis elle glissa une main sur la peau tiède de sa poitrine. Sous ses doigts elle sentit battre plus vite le cœur de l'homme qu'elle aimait.

— Je ne peux rien te refuser, murmura-t-elle. Je t'aime !

— Et je t'aime aussi...

Ces mots soufflés à mi-voix étaient comme l'écho magique des siens.

De nouveau, la bouche de Philip chercha la sienne. Il l'embrassa avec une ardeur qui la laissa tremblante. Elle noua ses doigts derrière son cou et caressa les courtes boucles brunes. Elle lui rendit passionnément ses baisers.

Bien sûr, plus tard, il faudrait songer à tout avouer à Clifford, mais pour le moment rien ne comptait à part Philip et le besoin qu'elle avait de lui.

Il couvrait de baisers fous sa gorge et son cou. Doucement il écarta le léger déshabillé et posa ses lèvres sur la peau douce et parfumée de ses épaules.

Leurs désirs réciproques montaient...

Ce fut Philip qui trouva le courage de s'écarter d'elle. Saisissant une poignée de ses longs cheveux, il l'obligea à renverser la tête en arrière.

— Tu es beaucoup trop belle.

Sa voix était rauque.

— Il va falloir que je te renvoie chez toi jusqu'à ce que je puisse t'épouser... le plus vite possible.

Il l'embrassa légèrement sur les lèvres, puis il sourit.

— Finalement, tu pourras quand même porter cette merveilleuse robe que Grand-Mère t'a offerte.

Tara lui lança un coup d'œil involontairement provoquant.

— Elle m'a demandé si je voulais t'épouser, il y a quelque temps, avoua-t-elle.

Philip sourit d'un air entendu. Manifestement, il le savait, et Tara n'en était pas surprise.

— Et tu as osé refuser ! accusa-t-il.

— Uniquement parce que je croyais que tu n'en avais pas envie.

— Petite sotte !

Il avait parlé contre la bouche de la jeune fille. Il se pencha davantage et l'embrassa avec une lenteur plus persuasive encore qu'auparavant.

— Il faut bien que je songe à assurer la succession de Hautain & Fils, la taquina-t-il.

Il se tut un instant, la contemplant avec amour.

— Je t'ai choisie à la minute même où je t'ai vue pour la première fois. Mais il fallait bien que je te laisse le temps de chasser Clifford de tes pensées...

— Oh, Philip !

Elle allait protester mais il la reprit dans ses bras. Elle oublia tout...

LE CANCER

(21 juin-22 juillet)

.

Signe d'Eau dominé par la Lune : Émotions.

Pierre : Pierre de Lune.
Métal : Argent.
Mot clé : Rêve.
Caractéristique : Double vue.

Qualités : Sensibilité, dons artistiques, aime la nuit. Idéaliste et romantique.

Il lui dira : « Je crois, j'espère, je vous adore. »

LE CANCER

(21 juin-22 juillet)

Les natives du Cancer ne passent jamais à côté de la beauté sans la remarquer. Qu'il s'agisse d'un homme, d'une femme, d'un paysage, d'une couleur ou de toute autre chose, elles se plaisent à contempler ce qui sort du commun. Tara elle-même se laisse immédiatement séduire par Fairwinds et ses environs. Et si elle n'en a pas immédiatement conscience, il suffit que Philipp pose sur elle son ténébreux regard pour que chavire le cœur de la jeune fille.

Le Cancer est également le signe du raffinement. Née sous ce ciel étoilé de mille qualités, vous vous plaisez à rendre votre intérieur joli et accueillant sans jamais laisser le moindre détail au hasard. Vous excellez dans l'art de parfumer les armoires, le linge et l'ambiance.

Bientôt... la Fête des Mères!

Pensez-y...la Fête des Mères, c'est la fête de toutes les femmes, celle de vos amies, la vôtre aussi !

Avez-vous songé qu'un roman **Harlequin** est le cadeau idéal – faites plaisir...Offrez du rêve, de l'aventure, de l'amour, offrez **Harlequin !**

Hâtez-vous !

Dès aujourd'hui, vous trouverez chez votre dépositaire nos nouvelles parutions du mois dans **Collection Harlequin, Harlequin Romantique, Collection Colombine** et **Harlequin Séduction.**

FMD

Laissez-vous séduire...

 **HARLEQUIN
SEDUCTION**

Tout ce que vous attendez d'une grande histoire d'amour!

Excitant... l'action vous tient en haleine jusqu'à la dernière page!

Exotique... l'histoire se déroule dans des pays merveilleux aux charmes innombrables!

Sensuel... l'amour est passionné, le désir incontrôlable!

Moderne... l'héroïne est une femme épanouie, qui a de la personnalité!

Dès maintenant...
2 romans Harlequin Séduction chaque mois.

Ne les manquez pas!

Chez votre dépositaire ou par abonnement.
Ecrivez au
Service des livres Harlequin
649 Ontario Street
Stratford, Ontario N5A 6W2

Commandez les titres que vous n'avez pas eu l'occasion de lire...

Dans chaque roman HARLEQUIN, une belle histoire d'amour...

Confiez-nous le soin de votre évasion!
Postez-nous vite ce coupon-réponse.